JN056514

赤い絨毯の敷かれた道を、彼女は真っ直ぐに歩いてくる。
参列者が悲鳴を上げて逃げ出すのを気にも留めず、
フェリクスの前で立ち止まった。
「はじめまして。裏切り者の旦那さま」

シオドア
アリシアの叔父の
臣下である騎士。
幼少期からアリシ
アを可愛がってく
れた幼馴染で兄の
ような存在だった。
ザカリー
ティーナからアリシ
アの殺害を命じら
れた、賊のリーダー。
ティーナが流行病
から妹たちを助け
てくれたと聞き、恩
義を感じている。
ティーナ
アリシアの従姉妹
で義妹。外見は可
愛らしく明るく清純
で健気な良い子だ
が、中身は悪女。

フェリクス
美麗で冷たい雰囲気を
持つ王太子。
他人に無関心で皮肉屋
な性格で、血まみれのド
レスで婚儀に現れたア
リシアに関心を示す。
アリシア
国王だった父を叔父に殺
され、叔父の養子となり酷
い生活をおくっていたが、
残忍と噂の王太子フェリク
スのもとに嫁ぐことになった
『未来視』の力を持つ王女。

「ありがとう。フェリクス……」
なんだか安心した心持ちのまま、
アリシアはゆっくりと目を瞑る。
そうして寝息を立て始めたアリシアのことを、
フェリクスはしばらく眺めていた。
それから、まるで抱き枕のように
アリシアを抱き込むと、
フェリクスも静かに目を閉じたのである。

死に戻り花嫁は
欲しい物のために、
残虐王太子に
溺愛されて
悪役夫妻になります！
初めまして、裏切り者の旦那さま
1
雨川透子
Illust.藤村ゆかこ

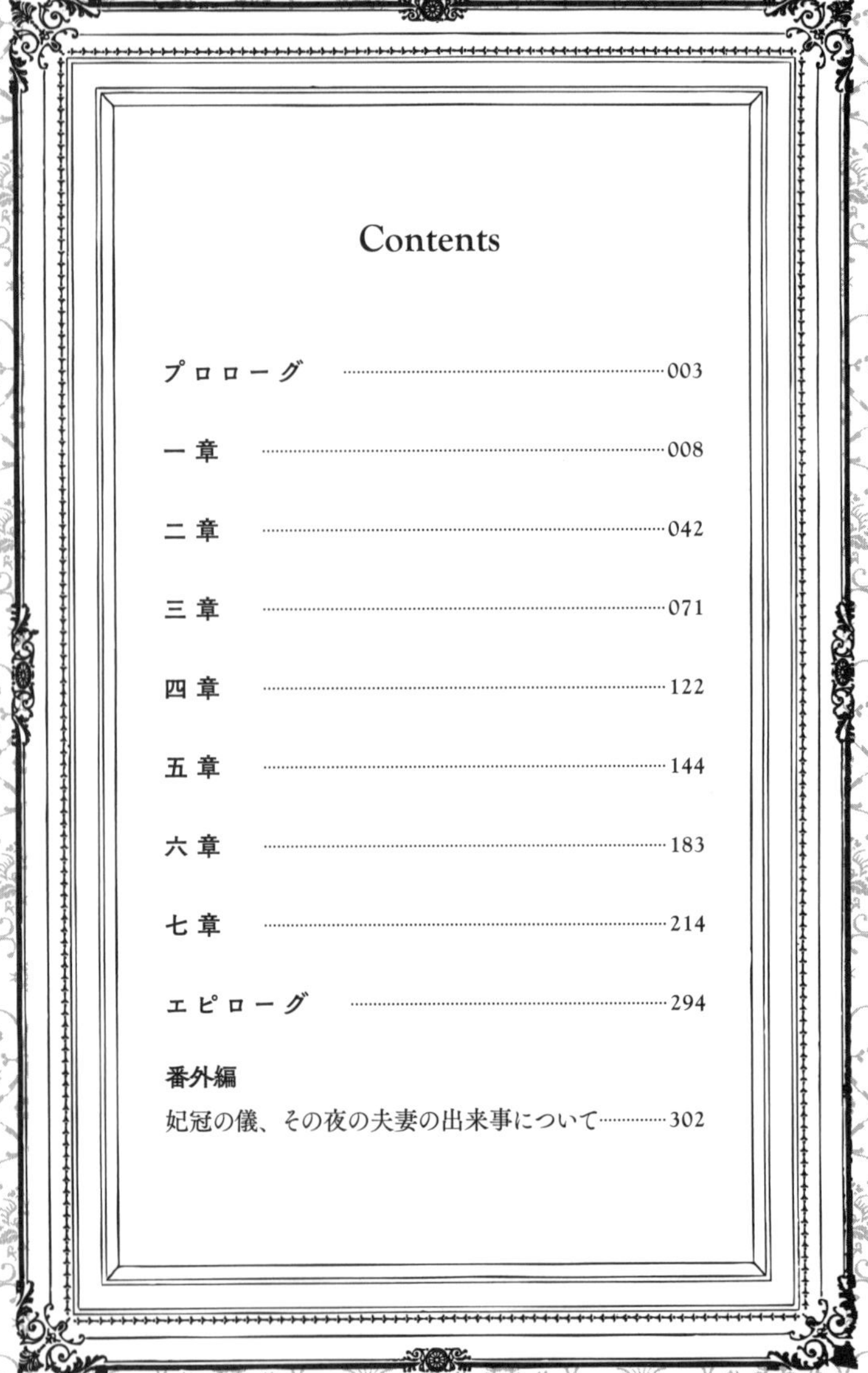

Contents

プロローグ

王太子フェリクス・エルハルト・ローデンヴァルトは、あからさまに不機嫌だった。

今日はこの青年の婚礼であり、大聖堂には世界各国から要人が集っている。

その国賓たちの錚々（そうそう）たる顔ぶれは、この婚儀が世界において、大きな意味を持つことを物語っているものだ。

けれどもフェリクスの表情には、心底からどうでもよさそうな感情が滲（にじ）んでいる。

灰色にほど近い黒髪は少し毛先が跳ねており、首筋に掛かる程度の短さだ。左耳には耳飾りが揺れ、フェリクスは時折それを煩わしそうにした。

白の軍服の胸元には、王位継承権第一位を表す金色の飾緒（かざりお）が三重に連なっている。その下に輝く無数の勲章は、すべて戦場での功績を称（たた）えたものだ。

その瞳は、髪よりも淡い灰色をしている。睫毛（まつげ）は長く、彼が冷たい表情をすると、その顔立ちの美しさは一層強調された。

あまりにも整いすぎた顔立ちは、作り物にすら見えるほどだ。

しかしフェリクスの残虐さは、この国での武勇や名声と共に、諸外国にまで響き渡っていた。

「殿下は本当に、あの国の王女を花嫁に迎えるおつもりなのか」

招待客のひとりがついに、小さな声でそう零（こぼ）す。

「これほど不釣り合いな婚姻があるか？　かの国は由緒だけはあるとはいえ、いま国を治めるのは簒奪者だ。兄王を殺して新たな王になるなど、浅ましい」

「それが今回の婚姻によって、この誇り高き国の同盟国か……たかだか王女ひとりを差し出して得るには、あまりにも大きすぎる後ろ盾だな」

「ましてや寄越したのは、聖女と名高い王女ではなく、先王の忘れ形見の方だというではないか」

この程度の囁きであろうとも、フェリクスの耳に届けば大きな問題となる。けれども彼らが話している内容など、フェリクスには予測がついていた。

傍らに見届け人として立つ侍従が、フェリクスにだけ届く声音で言う。

「殿下。まもなく花嫁さまが、入場なさる頃合いです」

「……どうだかな」

侍従の言葉に、フェリクスは嘲笑を交えて返した。

「俺の見立てでは、馬車の中で死んでいる頃だと思うが」

「……お言葉が過ぎます。せめてこの場では、慎まれますよう」

「捜索を出せ。恐らくは国境を越え、この国に入った森辺りで殺されているだろう」

まったく面倒なことではあるが、それは計画の範疇でもあった。フェリクスは目を眇め、淡々と告げる。

「どうせなら死体は早く見付かった方が、話を容易に進められる」

「……仰せの通りに」

侍従は一礼し、壁際に控える他の侍従たちに目で合図をした。

「花嫁は遅いな。殿下の妃となる重圧に、怯え震えているのではないか？」

「はは。そのようなか弱い王女が、この国の王太子妃など務まる訳もない」

フェリクスはいよいよ茶番に飽き、このくだらない婚儀の場を後にしようとする。

だが、そのときだった。真正面にある両開きの扉が、大きく開け放たれたのだ。

「――……」

そこにはひとりの女性が立っている。

その柔らかそうで長い髪は、朝焼けの空に似た、赤と紫が溶け合う色合いをしていた。

凛とした背筋で立つ姿は、彼女に武術の心得があることを窺わせる。けれどもフェリクス以外の人間は、他に視線を奪われたようだ。

「な、なんだ……!?」

国賓たちが青褪めたのは、彼女の纏っているドレスが、血で真っ赤に染まっていたからだった。

(返り血か？　……それにしては)

元は純白だったであろう婚礼衣装には、もはやその清らかな雪色の名残すらない。

婚儀の場である聖堂どころか、およそ人前に出られる姿ではないその女性は、見たことがないほどに美しかった。

顔立ちの作りは少し幼く見えるほどなのに、表情が驚くほど大人びている。体付きはそれなりに柔らかそうなのに色香を感じないのは、手足が華奢な所為だけではないだろう。

赤い絨毯(じゅうたん)の敷かれた道を、彼女は真(ま)っ直(す)ぐに歩いてくる。参列者が悲鳴を上げて逃げ出すのを気にも留めず、フェリクスの前で立ち止まった。

そうして微笑(ほほえ)み、意志の強そうなまなざしをフェリクスに向ける。

「はじめまして。裏切り者の旦那さま」

「――へえ？」

思わず口の端を上げてしまったのは、心底楽しくなったからだ。

フェリクスは彼女の手首を掴(つか)み、自分の方に引き寄せた。もう片方の手で顎(おとがい)を掴んで上向かせ、頬についた血を指で拭ってやりながら確かめる。

「アリシア・メイ・ウィンチェスター。……貴殿が俺の花嫁だな」

「今日からは『アリシア・メイ・ローデンヴァルト』です。フェリクス殿下」

彼女の名乗ったローデンヴァルトは、フェリクスの姓だ。

アリシアは間近からこちらを見上げると、フェリクスの手に指を絡めながら、はっきりと望みを口にした。

「……あなた、私の反撃に手を貸してくださらない？」

そう言ってアリシアは、鮮烈なまでに美しく、挑むような微笑みを浮かべてみせたのだった。

一章

国境を越えた直後の森の中で、アリシアは急いで駆けていた。

（あと少し。この森を抜ければ、追っ手が来ても逃げ切れるはず——）

それなりに体力を付けてきたつもりでいても、これだけ逃げ続けていれば息が切れる。襲撃者から奪った剣は男性用で重く、いつもの訓練用とは勝手が違った。

「！」

上から何かが降ってきて、アリシアは瞬時にそれを剣ではらう。それは単なる木の枝だったが、真っ二つになった切り口の鋭さに目を細めた。

（こんなに造りの良い剣を持つのは、国の正規の騎士くらいだわ。賊のふりをして襲う作戦のくせに、詰めが甘い）

そして目下の心配ごとは、いま着ている婚礼衣装のことだ。

真っ白だったウェディングドレスは血に染まり、とりわけ左胸部分が真っ赤になっている。

この姿で人前に出てしまえば、きっと騒ぎになるだろう。けれどもまずは生き延びるために、薄暗い森の中を走り続けた。

（こうして生きていられるのが、いまでも不思議なくらいだけれど……）

＊＊＊

『おかあさま、泣かないで……！』

アリシアの父王が殺されたのは、アリシアが五歳のときである。

為政者としてやさしすぎる国王だった父は、弟であるアリシアの叔父に殺されて、玉座を奪われた。

父は長年弟を警戒し、さまざまな国との同盟関係を築いていたはずなのに、それでもすべての援軍が間に合わなかったのだ。

父の臣下や騎士たちもほとんどが殺され、アリシアと母のふたりは生かされた。そして王位交代の宣言がされると共に、アリシアたちは城の一室に閉じ込められた。

アリシアは怖くて震えていたが、それ以上に体の弱い母が心配で、幼いながらに必死で母に言い募ったのである。

『アリシアが、おかあさまを守るから……！　剣のれんしゅう、いっぱいしたもの。だからこわくないよ、大丈夫……！』

涙が零れそうなアリシアを、母はやさしく抱き締めた。

『よく聞いてね、アリシア。あなたの体に流れる血には、秘密があるの』

『ひみつ……？』

涙に濡れた目でまばたきをすると、母はそっと頷く。

『この国の王族の中には時折、未来を見る力を持つ者が生まれるそうよ。そしてその力を持つ者は、朝焼けのような淡い赤紫の髪を持っていると言われているの』

　そう言って母が撫でてくれたアリシアの髪は、まさしく赤紫の色彩を持っていた。

『アリシア、みらいがわかるの？』

『ええ。ほとんどの人が迷信だと思っているけれど、きっと間違いないわ』

『アリシア、そのちから、ためしてみる！』

　すると、母は悲しそうに首を横に振ったのだ。

『それは駄目。その力を本当に必要とするときがくるまで、絶対に使わないと約束して』

『どうして？　だって「みらい」がわかったら、どうやったらおかあさまを助けてもらえるか、わかるかもしれないのに……』

『駄目なの。だって未来を見るための、その条件は――……』

『……！』

　アリシアにその続きを告げながら、母の声は泣いていた。

『覚えていてね、アリシア』

　そうしてすべてを教わったそのあとに、やさしい手でアリシアの髪を撫でてくれる。

『その体に流れる血。あなたがこの国の王女である事実は、お父さまが亡くなっても消えないと』

『……おうじょ……』

『お母さまに未来は見えないけれど、あなたのこの先が幸福であることを信じ続けるわ。私たちの、

『可愛いお姫さま……』

元々弱かった母の体は、クーデターに遭ったことと夫の死で限界を迎えたのだろう。

母はそのまま、アリシアの目の前で倒れた。アリシアの泣き叫ぶ声を聞き、見張りの騎士たちが部屋に入ってきても、母が意識を取り戻す気配はない。

『おかあさま！　おかあさま、死なないで……！』

『おい、先王の妃が呼吸をしていないぞ！　誰か医者を――……』

母はそのまま還らぬ人となり、残されたアリシアは窮地に陥った。

けれどもそれを救ってくれたのは、民の声だ。

『まだ五歳のアリシアさまに、温情を！』

王族同士の争いに巻き込まれた形となった国民は、それでもアリシアのために声を上げてくれた。

『小さな王女さまには、なんの罪もありません。先代の国王陛下とお妃さまは、私たちの声をしっかりと聞いてくださいました！』

『どうか新たなる国王陛下におかれましても、聞き届けてくださいますよう……！』

『いかがいたしますか、陛下。殺さなければ禍根の種になるとはいえ、新王誕生の直後に民の訴えを退けるのも、余計な火種となりかねません』

新たな王となった叔父にとって、アリシアの存在は心底どうでもよかったのだろう。

『このようなことで、民に暴動を起こさせるのも馬鹿らしい。これから王としての華々しい人生を送るにあたって、国内の些事に構ってなどおられぬ』

『であれば王室からは追放なさらずに、いっそ王女としての身分のまま残された方が、政略結婚などにも使い勝手がよろしいでしょう』

『そうだな。王位継承権は剝奪し、間違ってもアリシアが力を付けることのないように管理することを条件として、アリシアを我が養女とする』

こうしてアリシアは、自分の父を殺した叔父による王室に、王女として残ることになったのだった。

けれどもそんなアリシアが、簡単に受け入れられるはずもない。

『――どうして私が養女として、あの女の娘を受け入れなくてはならないのかしら！』

叔父の妃である叔母は、ずっとアリシアの母が邪魔だったようだ。

『私の方がずっと高貴な血筋なのに、あの女がまんまと先代の王妃になって……!! こうして私の夫が王になることで、ようやく正しい形になったのよ!? それなのに、我慢ならないわ!!』

先王の子であるアリシアの味方が増えてしまえば、いつか王の脅威になるかもしれない。

そんな考えから、城の人々は貴族から使用人に至るまで、アリシアにやさしくすることは許されていなかった。

（……ひとりぼっちに、なっちゃった）

城の隅に与えられた小さな部屋は、物置同然の薄暗い場所だ。

（だけど、国民のみんながアリシアのことを助けようとしてくれたから、アリシアはまだげんき）

それを確かめるため、小さな手でぺたぺたと自分の頰を触る。

殺されるのが当然だったのだと、幼いながらに理解していた。両親が民を守ってきたからこそ、アリシアは生きていられる。

（――きめた！）

ひとりぼっちの部屋で両手をぎゅっと握り、それを頭上に掲げて自身を鼓舞した。

『みんなにありがとうってするために、王女の「せきにん」を果たさなきゃ。そのためにすっごくがんばるぞーっ、えいえいおー!!』

元気いっぱいの大きな声が部屋に響く。かくしてアリシアの努力の日々が、始まったのだ。

＊＊＊

『まずは、ごはんをたべて、すくすく大きくならなくちゃ！』

食事はあまり与えてもらえず、寒い日に暖炉も寝具もない部屋で眠った。立派な王女になるためにはまず何よりも、死なずに生きる力を身に付ける必要がある。

（おなかが空いてひもじいから、どんな物なら食べられるかを、おべんきょうしましょう！）

幸いにしてアリシアが軟禁された城の隅には、叔父たちに見向きもされなかった図書室があった。

ここにある蔵書は、どうやら両親がアリシアのために集めてくれたもののようだ。

そこには世界中のさまざまな知識が、項目ごとに本棚を分けて収められていた。五歳の幼子でも読めるものから専門書に至るまで、少しずつ難しくなっていくよう並べられている。

娘の見識を深めるための親心が、娘の命を救うことに直結することなど、両親はきっと想像していなかっただろう。愛情によって集められた本の中で、アリシアは食事の手段を獲得した。

（ふんふん、草や木の皮……。わあすごい！　こうやったらおいしく食べられるの？）

空腹を紛らわせることが出来たら、次は寒さを凌ぎ、眠る方法を本から学ぶ。

（夜に少しでもあったかくする方法は？　なるほど……ちがう織り方の布をかさねれば、うすいのでもちょっとあったかいのね）

食べて眠り、健康が維持できるようになると、新しいことを勉強する力が湧いてくる。

（火はどうやって熾すのかしら。布の歴史の本も読みたいし、こっちの織り方の本も気になるわ！　それからこの国で作れない布は、どこからやってきたの？　『ぼうえき』ってなあに？）

アリシアは織物をきっかけに、繊維についてや各国の事情、そこから繋がる貿易を学んだ。ほかの国と商いをするには、国同士の関わり方が重要であることもよく分かった。

（夏にお水をもらえないときに、お庭に溜まったドロドロのを飲むほうはないかしら。このあいだ読んだ本に、『ろか』とか『しゃふつしょうどく』って書いてあったわ。こっちの本にはおなかをこわす仕組みや、それをふせぐ方法がかいてある。もしかしたら生きるためだけじゃなくて、王女として役に立つかもしれないわ！）

学んだことは、試してみなくては分からない。けれども何かに挑戦するには、それなりの体力が必要である。アリシアは、幼少期から習っている剣術の自主訓練を再開した。

（おとうさまとおかあさまは、守れなかったけど……国民のみんなを守れるように、強くならなきゃ！）

王妃に鉢合わせてしまうと頬を叩かれるので、出会わないよう早朝に剣を振るった。

この城の人たちは、『アリシアに味方を作ってはならない』という王命の下、使用人すらアリシアのことを大っぴらに蔑んで嘲笑う。

『アリシアさまの住む棟は、掃除なんかいらないわよね？』

『当たり前よ、あのお方のお世話をしているところが見付かったら私たちが叱られるわ』

七歳になったアリシアにとって、使用人が寄りつかないのは好都合だった。

何故ならこの頃には、剣術の稽古で体力がついたのを利用して、昼間はこっそり城下に出ていたからだ。

『こんにちは、おじちゃんたちー！』

『おお、アリシアさま！』

亡くなった両親に恩があると言ってくれる人たちは、少なくなかった。アリシアは、本から得た知識や技術を、身をもって体験することになる。

『アリシアさま、今日はうちの馬にでも乗ってみるかい？　放牧した羊を集めるために、馬で追い立てるところを見せてやろう』

『わあ、いいの!?　ありがとうございます！』

『もちろんだ。アリシアさまのご両親には生前、俺たちのような平民のことも気に掛けていただいた。まさかその忘れ形見である王女さまが、毎日城から抜け出して駆け回っているところに出会うとは思わなかったが……』

　ここにいる彼らのひとりひとりが、両親の死後にアリシアの助命を嘆願してくれたのである。教会の神父、商店の店主、時には元罪人という経歴を持つ人たちからも、たくさんのことを教わった。

『あれ？　今日はおばさま、いないの？』

『ああ……実は、末の娘が流行り病で具合が悪くてな。なかなか元気にならなくて、交代で看病してるんだよ』

『流行り病……』

『国外に働きに出ている息子が、なんとか薬を送ろうとしてくれているんだがなあ。この国にないものが国境を越えるには高い税金が掛けられてしまって、とても払えそうもなくて……』

　王城におけるアリシアの立ち位置が少し変わったのは、この七歳から八歳に掛けての年のことだった。

『国王陛下。恐れながら、申し上げます』

　アリシアは玉座の前で小さな頭を下げ、激怒されるのを覚悟で進言したのだ。

『あちこちで、とてもお熱の出る病気が流行っていると聞きました。病に効く薬草を民に与えると共に、その栽培方法を広く周知したいのです』

『取るに足らない平民を相手に、何故そのようなことをしなければならない？　これからの我が国にとって重要なのは、他国とどのように渡り合い、成長してゆくかだ。そのようなことに割く税も労力も、どこにもありはしない』

『野に咲く草花を使いますので、薬の材料に費用は掛かりません。薬の作り方も、薬草を見分ける方法も、私がひとりでみんなに教えます。ただ、王室が所有する森に、たった一日だけ村人の立ち入りをお許しいただけないでしょうか』

王妃は怪訝そうな目でアリシアを睨み、王はやはりどうでもよさそうだった。

アリシアの話した森というのは、分かりやすい資源のない小さな森だ。けれども本で見た薬草が育つには、ぴったりの条件なのだった。

『良いだろう。ただし面倒ごとがあった際は、当然お前が罰を受けるのだぞ』

『……！　ありがとうございます、陛下』

この進言はなんとか成功し、流行っていた病に効く薬の調合に成功した。

これは『王室による民への慈善活動』とされ、アリシアの名前は隠匿されたのだが、そんなことはどうでもいい。

元気になった子供を抱き締めて泣きながら喜ぶ大人たちの姿に、アリシアはほっとした。

（王女として成すべきことが、初めて出来た……！）

たとえ、そんなアリシアの頭を撫でて、よく頑張ったねと笑ってくれる人がいなくとも。

そしてアリシアはそれ以来、叔父である国王から、ことあるごとに問題の解決を命じられるようになった。

『王都の孤児院が、孤児が増えたことによる人手不足をうるさく訴えかけてくる。アリシアよ、今回も金と人手を使わずに、シスターどもを黙らせて来い』

『陛下。そのような問題については、一時凌ぎをしたところで解決には至りません。まずは人員の補充や、孤児を出さない根本的な解決を……』

『お前に動く気がないと言うのであれば、国からもこれ以上やることはないな。これでも諸外国に向けて説明がつく程度の、最低限の支援はしているのだから』

『!』

叔父はふんと鼻を鳴らし、アリシアを脅すように笑う。アリシアは俯(うつむ)いて、叔父に従った。

『……かしこまりました、国王陛下。それでは私自身が当面のお手伝いをすると共に、栄養価の高い作物の育て方をお伝えして参ります』

『最初から素直にそうやって動けばいいのだ。お前を王室の人間として生かしてやっている、その理由を忘れるな。——とはいえ』

叔父はそのとき、たったひとつを約束してくれたのだ。

『いつかこの国が世界に認められる大国となった暁には、国内のことにもう少し目を向けてやっても良いだろう』

『本当、ですか?』

『もちろんだとも』

(……なんて、いままで何度も裏切られたのだから信じることは出来ないわ。国内をないがしろにして、他国と渡り合える国なんて作れないのに……だけど、ここで叔父さまの怒りを買って、いま救えるはずの人を救えなくなることは避けたい……)

アリシアはそれからも、叔父からの命令を果たして国民を救うために、自分が持つ知識をすべて使った。

（叔父さまに何も期待しては駄目。いつか『そのとき』が来るまで、私の手が届く範囲だけでもどうにかしなきゃ。大丈夫、国民が幸せになればなるほど、国は強くなるのだから）

とはいえそのことはアリシアにとっても、本で読んだだけの知識に過ぎないのだ。

だからこそ実現するために、無我夢中で頑張った。それでも正妃の怒りを買えば、知識を書き溜めた紙片を奪われて燃やされたり、お仕置きと称して何日も閉じ込められることもある。

（学んだことはすべて暗記しないと、王妃さまによって奪われてしまう。……何がなんでも記憶に焼き付ける……よーし、頑張るわ！）

アリシアは必死に暗記方法を習得し、部屋から出られない時は筋力を鍛えるなど、その時間も有効活用することにした。

（おとぎ話の本で読んだ、『魔法』みたいな便利な力が、この世界にも本当にあればよかったのになあ）

この世界に、鍵がなくとも扉を開けたり、大事なものを完璧に隠せるような不思議な力は存在しない。

魔法と呼べる力があるとすればただひとつ、アリシアの血に流れる神秘の力だ。

（だけど、この『未来を見る力』をいつ使うかは、もう決めているもの。それを試すのには、とても大きな代償があるし……いまの私に必要なのは、やっぱり自分の努力！　神秘の力には頼らないわ！）

人々のために役立ちそうなことは、夜を徹して懸命に調べる。そして問題が起こっている場所に足を運び、必死でそれを解決する。

それを繰り返してゆくうちに、人々のあいだにはこんな噂が立つようになった。

『王室の方々が、今度は東の村を救ってくださったそうだぞ！』

先王が亡き後、新しく戴冠した王に不満があった国民からも、その頃には明るい声で王室を称えることが増えている。

『聞いたところによると、まだ幼い王女さまが、直々に村を訪れてくださったのだそうだ』

『なんとお優しいのだろうか。ああ――……』

そして人々はこんな風に、ひとりの少女の名前を称えたのだ。

『我らが王女「ティーナ」さま！』

『――……』

ティーナという女の子は、血縁上はアリシアの従姉妹にあたる少女だった。

つまりは国王である叔父と、王妃である叔母の実子だ。ふたりの養子になったアリシアにとって、ティーナは手続き上の妹でもある。

『ごめんなさい、アリシアお姉さま……』

アリシアから見て一歳年下のティーナは、表情が豊かで可愛らしい。

ティーナは王妃の目を盗んでアリシアの傍にくると、大きな瞳からぽろぽろと涙を零し、泣きじゃくりながらこう言った。

『これまでの奉仕活動でたくさんの功績を残したのも、東の村に行ったのも、すべてアリシアお姉さまなのに。お父さまがそれを全部、私がやったことだと喧伝(けんでん)なさる所為(せい)で……』

ぎゅうっと抱き付いてくるティーナは、ふわふわの髪に天真爛漫(てんしんらんまん)な笑顔で、誰からも愛される天使のような女の子だ。

『アリシアお姉さま、私悔しいです。お父さまをお諫(いさ)めすることが出来ない、そんなちっぽけな自分が……！』

『ティーナ、いいの。あなたもどうか私の所になんか来ないで、あなたの幸せを見付けてほしいわ』

『お姉さま……っ！』

花束を抱え、陽だまりの中で笑うティーナのことを、王城の誰もが愛していた。だからこそそんなアリシアとティーナを見て、城の騎士や侍従たちも囁(ささや)き合う。

『ティーナさまは、なんと優しいお方だろうか。慈善活動のために国中を回っているだけでなく、前王の子であるアリシアさまを本物の姉のように敬い、ああして何かと気に掛けていらっしゃる』

かつてアリシアは、慈悲深い先王夫妻の子供として、多くの国民に助命を嘆願された。

けれども王室の徹底した情報統制によって、いまやアリシアの名前は、王室に相応(ふさわ)しくない王女のものとして広まっている。

『だがアリシアさまは、神秘の血を引く朝焼け色の髪を持つぞ』

『未来視の力だっけ？　馬鹿馬鹿しい、そんなもの迷信だ。本当に未来が見える特別な王女が、こんなに落ちぶれるものか』

　これこそが、大多数の国民の意見だった。

『ティーナさまのような姫君にこそ、誰よりも幸せになってほしいものだ。さぞかし立派なご夫君を迎え、愛される妃となるだろう』

『とはいえ。アリシアさまが嫉妬して、ティーナさまの邪魔などをなさらなければいいが……』

　冷たい蔑みの視線を向けられて、時々かなしくなることもある。

　しかしこっそり城の外に出れば、アリシアのことを小さな頃から知る人たちが、アリシアに笑い掛けてくれるのだ。

『アリシアさま、こっちにおいで！　おいしいパイが焼けたんだよ。頑張っていてもまだまだ子供なんだから、ここでお腹いっぱい食べていきな！』

（……みんながあのとき助けてくれたから、私はこの国の王女として、少しでも成すべきことが出来ている。いずれは必ず、もっと良い国に……そのためにも、『準備』を進めていかないと）

　そうやって時を重ねていって、いつしかアリシアは十八歳になっていた。

　そして継父となる国王は、アリシアに告げたのである。

『我が国シェルハラードはこの度、レウリア国との同盟を結ぶこととなった』

　レウリア国は現在、大陸一番とも言える強大な力を持つ国だ。一方でここシェルハラード国とは、昔から緊張状態にある。

（レウリア国と友好関係を結べるのであれば、この国にとっては利点だらけだわ。国が豊かになれば、国民のみんなが幸せになる……このところ貧困が深刻化している地域もあったけれど、次の冬で飢えることはなくなるかもしれない）

アリシアにとって、それは心から喜ばしいことだった。

何よりもこれが実現すれば、かつて叔父と交わした『国内に目を向ける』という約束が果たされるかもしれない。希望は薄いと分かっていても、それを信じるしかなかった。

『おめでとうございます、陛下。これもすべて、陛下の外交手腕あってこその……』

『だが、それには条件があってな。かの国は友好の証として、王太子の花嫁に王女をご所望だ』

玉座に座った叔父は、有無を言わさぬ声を放つ。

『お前が嫁ぐのだぞ。アリシア』

『！』

謁見の間に響き渡ったその声に、大臣たちや騎士たちはざわめいた。

張本人であるアリシアは、思わぬ命令に目を丸くする。正妃の顔は扇子で隠されて見えなかったが、そこで誰よりもひどく取り乱したのはティーナだ。

『アリシアお姉さまを、フェリクス殿下の下へ……!?』

従姉妹であり妹でもある愛らしい少女の顔は、青褪めている。

『レウリア国の王太子フェリクス殿下は、とても残忍なお方だと聞いています。アリシアお姉さまが、そんなお方の花嫁になるなんて!!』

『ティーナ。おやめなさい』

『いいえ、お母さま！』

王妃が止めるのも聞かず、ティーナは父王に駆け寄った。そして膝下に跪(ひざまず)くと、涙を流しながら訴える。

『お願いですお父さま……！　アリシアお姉さまは紛れもない、私の家族。大切なお姉さまを、そのように恐ろしいお方の元に送り出したくはありません！』

（ティーナ……）

『同盟のために差し出すのであれば、どうか私、ティーナを』

ティーナの健気(けなげ)な懇願に、周囲は感嘆の声をあげた。

『姉君を思っての、ティーナさまのお言葉……。なんと慈悲深く、清らかな愛に満ち溢(あふ)れていらっしゃるお方なのだ』

けれども娘を前にして、国王は首を横に振る。

『ティーナよ。それはならぬ』

『何故ですか……!?　この国の王女をお望みであれば、私で十分なはずです！』

『私の大事な娘を、あの王太子に差し出すつもりはない。それに、かの国はアリシアを名指した』

『そんな……私の大好きな、お姉さまを……？』

『アリシアから王女という身分を剥奪しなかったのも、すべてはこのようなときのためだ』

そして王はアリシアを睨み、改めて告げたのだ。

『よいなアリシア。お前を殺さずに生かしてやったその恩を、今ここで、ようやく返してもらうときが来た』

『――かしこまりました。陛下』

アリシアは目を閉じ、ゆっくりと覚悟を決めた。

（仮にお父さまとお母さまが亡くなっていなかったとしても、王女としての政略結婚は避けられなかったはず。この婚姻によってレウリアとの同盟を結ぶことが出来れば、国民が豊かになる……）

王女としての責任を果たすと、幼い頃に誓ったのだ。

目を開き、叔父に向けて真っ直ぐに告げた。

『レウリア国王太子、フェリクス殿下の下に嫁ぎます』

＊＊＊

そこからは、あっというまだった。

アリシアは最低限の荷物しか持ち出すことを許されず、追放同然の乱暴さで国を出立させられることになる。義妹のティーナは、アリシアが嫁ぐその日までずっと『お姉さまが可哀想』と泣いていた。

アリシアは馬車に乗り、そこから何日も掛けてレウリア国に到着する。すると国境を越えた辺りの森で、傍についていた侍女から妙な指示をされた。

『アリシアさま。レウリア国に入りましたので、ここで婚礼衣装にお着替えいただきます』

この侍女は、長らく王妃と義妹のティーナについていた侍女だ。

『……婚礼衣装に着替えるのは、レウリア国の王城についてからでいいのではないかしら』

アリシアが内心を隠してそう答えるも、侍女はまったく譲らない。

『この馬車は遅れているのですから、王城に到着する頃には婚儀が始まる時間になっています。アリシアさまには移動中に、馬車の中で全ての身支度を終えていただきませんと』

（そもそもどうして馬車が遅れているのか、そんなことを問うまでもなさそうね）

諦めて、本当に馬車の中で着替えを済ませる。純白の婚礼衣装はとても美しいのだが、裾が重くて動きにくかった。

（恐らくこれは、目印なのだわ）

アリシアの髪色は、夕焼けの終わりの赤紫色だ。

明るいところでは目立つのだが、陽（ひ）が落ちた時間や暗い森だと、遠目には茶色の髪にも見える。

王女の輿入れ（こしい）ということもあり、馬車は三台ほどの行列を成していた。他の侍女と間違われないように、たとえ月明かりの中でも目立つ白を纏（まと）わせる必要があったということだ。

アリシアは狭い馬車の中、侍女の助けを借りることなく、美しい純白の衣装に着替えた。

『これでいいかしら？』

『……ええ。とてもお美しいですわよ、アリシアさま』

『ふふ。ありがとう』

アリシアは笑みを作りながら、侍女に挑むような目を向ける。

『そうやって褒めてくれるのも、ティーナの命令通りなの？』

『――……』

動いていた馬車が、ゆっくりと停まった。

『気付いていたわ。ティーナこそがあの国で誰よりも、私を疎んでいたこと』

『…………』

『私を庇うふりをしていたけれど……ティーナは本当に、自分がフェリクス殿下の下へ嫁ぎたかったのね。だから』

侍女が馬車の扉を開け、自分は外に駆け出して逃げる。それと入れ替わるようにして、剣を持った見知らぬ男が馬車に押し入ろうとした。

（だからティーナは、私を殺してしまうことにした）

アリシアはその瞬間、目の前の男の顔面に、ヒールの踵をめり込ませる。

『が……っ!?』

『ごめんなさい。馬車の中で死んでしまうのは、少し困るの』

気絶した男を踏み越えて、アリシアは森の中に降り立つ。まだ真昼間のはずなのに、鬱蒼として夕暮れのように真っ暗だ。

(――ここまでは、私の望んだ通り)

周りを取り囲む賊を見回して、アリシアは微笑む。

『五人、六人、七人……九人かしら。あなたたち、私を殺そうとしているのよね？』

アリシアの目の前に立つ赤毛の男は、何処か見たことのある面差しをしていた。彼はこちらを、強い憎悪をもって睨み付けている。

『命乞いをしても無駄だ。お前はここで死ぬ、諦めろ』

『その言葉を聞くことが出来て、安心したわ』

アリシアは笑い、胸の間に挟んで隠していた華奢な短剣を取り出した。

『はっ！　この人数と戦うつもりか？』

『惜しいわね。私の目的は――……』

賊の剣が振り下ろされ、アリシアの目前に迫る。

しかしアリシアは、その凶刃に切り裂かれる前に、手にした短剣を自らの左胸へと突き刺した。

『な……っ!?』

焼け付くような熱と痛みの中で、アリシアは笑う。

幼い頃、五歳のアリシアを前にして、母は教えてくれたのだ。

『未来を見るための、その条件は、あなたが命の危機にあること』

アリシアの髪をゆっくりと撫でて、やさしい声が言った。

『その上で、あなた自身が自らの命を絶つこと……』

心臓からの血が刃を通し、短剣を握り締めている手に伝う。

溢れ出る赤色が、純白だった婚礼衣装を染めていった。まるで、そこに真っ赤な花が咲いたかのように。

『神秘の力が発動すれば、あなたは死の中で未来を見る。それから命を落とした瞬間の、ほんの少し前に戻ってくるの』

母の言葉を思い出しながら、自らの血の中に不思議な力が巡るのを感じた。

(ようやく本気で殺しに来てくれてありがとう。ティーナ)

アリシアは、呼吸が出来ないその苦しみの中でも、くちびるで必死に笑みを作る。

(────あなたのくれた殺意によって、私は『真実』を知ることが出来るわ)

その瞬間、光に包まれた光景が脳裏に浮かび上がる。

＊＊＊

『お姉さまを、ちゃんと殺せてよかった……』

血まみれの婚礼衣装を見下ろしたティーナが、くすくすと嬉(うれ)しそうに笑うのが見えた。

『これで私、安心して幸せになれるのね』

目を閉じたアリシアの頭の中に、ひとつの光景が浮かび上がっている。ここは出立したはずの故国の王城で、ティーナの自室のようだった。

『アリシアお姉さまが生きていたら、いつ余計なことを言われるか分からないもの。慈善活動をしていたのが本当はアリシアお姉さまだと知る平民も、早く黙らせないと』

アリシアを慕っているように振る舞っていたティーナは、一度もアリシアを自室に招いたことはない。

アリシアが初めて見るティーナの部屋には、婚礼衣装を着たトルソーが置かれていた。

『そして私こそが、フェリクス殿下の妻。美貌と権力を持ち、お強い剣士でもある大国の王太子さまが夫だなんて、素敵だわ……！』

ティーナはドレスに頬を擦り寄せ、天使のように無邪気な表情で呟いた。

『フェリクスさまが、残酷で冷たい氷の心を持つ？　……それがどうしたというのかしら。そんなものは、私の持つ太陽のような温かさで包み込んで、溶かして差し上げればいいのだもの』

（…………）

アリシアは揺蕩う意識の中、その光景を白けた気持ちで眺めた。アリシアの死んだ未来で、ティーナがどう動くかは分かり切っている。

（――見たいのは、こんな分かりきった光景では無いの）

すると視界が再び移り変わり、もう少し先の未来が目の前に広がった。

『おかあさん、お腹空いたよ……』

王都から外れた小さな街で、痩せ細った子供が泣いている。女性たちは途方に暮れ、枯れ果てた畑の前で項垂れていた。

『アリシアさまが事故で亡くなった後、ティーナさまがレウリア国に嫁いでから、誰も私たちに手を差し伸べてくださらない。男手はすべて、戦争に取られて』

(――レウリア国との同盟が成立してからも、叔父さまはやはり、国内の民を救う政策など始めない。レウリア国が諫めてくれるはずもない。これも十分、分かりきっていたこと……)

幼い頃、いつか叔父が国民に目を向けてくれるかもしれないということを、ほんのわずかな希望として抱いたこともあった。

けれども、早くに諦めて正解だったのだ。

(その事実を改めて目の当たりにしただけ。ここで落胆している暇などないわ)

脳裏に広がる光景が変わり、アリシアはぐっと目を瞑る。

自分が一体どうなっているのか、客観的に判断できる状態ではなかった。心臓から広がる痛みの中で、押し寄せる未来に向き合うしかない。

『――助けてくれ!!』

そこに響いたのは、叔父の声だ。

その周囲を、剣を手にした男たちが取り囲んでいる。アリシアの父が叔父に殺された際、剣を向ける側だったはずの叔父が、そこでは父と同じ状況に陥っているのだ。

『誰に剣を向けているか分かっているのか!? ふざけるな、まずはお前たちの王に会わせろ!!』

『…………』

『私と各国の王たちは、十五年前に盟約を結んでいるのだぞ!!　今になってそれを裏切るのか!?　私が王になってから、どれだけお前たちの国に搾り取られたと思っている!!』

『何を、馬鹿なことを』

叔父に剣を向けたひとりの剣士は、西の大国の軍服を纏っていた。

『我が父王は仰っていた。お前がクーデターを起こした際、先王ではなくお前に手を貸してやったと。これまでお前が我が父に献上してきたのは、過去のその恩に報いるためのものだろう？』

『我が国の王も同様だ。あのお方が一体なんのために、お前の兄が出してきた救援要請を断り、お前を王にしてやったと思っているのだ？』

そう言った騎士の胸元には、東の大陸にある帝国の勲章が輝いている。

『我が国も、もはやいまのこの国に価値を感じてなどいない』

『神秘の血を引く王女とやらも、死なせてしまっているのだろう？　あれを差し出せばまだ、温情を掛けてやったかもしれないものを』

そして剣士たちは、みんなその剣先を叔父へと向けていた。

(――――これでようやく分かったわ。お父さまが叔父さまにクーデターを起こされた際、秘密裏に叔父さまに手を貸して、軍事革命を成功させる助けになった国々が)

これこそが、アリシアの知りたかった未来の光景だ。

(国力が低下すると分かりきっていても、叔父さまが不自然なまでに他国を尊重して、自国民を

蔑ろにしてきた理由)

剣士たちが纏っている軍服、腕章、その装飾。アリシアはそのすべての情報を、強く脳裏に焼き付ける。

(……この先の未来で、いよいよ国が滅んでしまうほど弱体化した暁には、こうして叔父さまの骨まで食い物にするつもりで出てくると信じていたわ)

ここにいる彼らの王こそが、アリシアの父が敗北した要因だ。

(民を救うことが王女の責任なら。自らの国の誇りを守ることもまた、王女が成すべきことのひとつ)

父との同盟を結んでおきながら、救援の要請をすべて踏み躙り、裏切って叔父に力を貸した。

(これで、私の国にとっての敵が誰なのか、はっきりした……)

これこそが未来を見た目的だ。父の代以前から続く友好国のうち、どの国が父を陥れたのか、ようやく明白になったのである。

叔父はいよいよ震えながら、床を這いつくばって逃げようとした。

『レウリア国……!! 国王と王太子フェリクスはどうしたのだ!? 王太子妃の故国が危機に陥っているというのに、何をしている!! ティーナ、父を助けに……』

『知らなかったのか? お前の娘はあの国で、監禁状態だ。夫であるフェリクス殿下の怒りを買って追いやられ、泣き喚いても一切見向きもされていないそうだぞ』

『ひ……っ』

剣士のひとりが歩み出て、叔父に向かって剣を振り下ろす。

（――清らかでやさしく、誰も傷付けない聖女のような王女では、この脆い国を守ることなんて出来はしない）

その瞬間に散った真っ赤な血が、アリシアの視界をすべて染めた。

（必要ならば血を流してでも、私は国民を守らなければ――……）

＊＊＊

そして今、森を抜けて王都に辿り着いたアリシアの目の前には、ひとりの青年が立っている。

「はじめまして。裏切り者の旦那さま」

「――へえ？」

母の教えてくれた通り、アリシアはその未来を目にしたあと、自らの心臓を貫いたことによる死の直前に『戻って』きた。

驚いたことに、致命傷となったはずの傷は塞がっている。流れ出た血はそのままで、婚礼衣装は血に染まりきっていたが、アリシアはそれでも生きていたのだ。

賊から剣を奪って昏倒させたあとは、急いで森を抜けて王都を目指し、血まみれのドレスは森で拾った布を巻き付けて隠した。

王城につき、持っていた書状と髪色でアリシア本人である証明をしたあとも、もちろん騎士や城の人々は訝(いぶか)る。それを強引に通し、婚儀が行われる聖堂の前に案内されたあとは、ドレスを隠していた布は捨ててしまった。

血まみれの姿で花嫁として入場したのは、半ば自棄(やけ)だったと言えるかもしれない。けれど、招待客たちが青褪めて逃げ出すその中で、彼だけは顔色ひとつ変えないのだ。

レウリア国の王太子フェリクスは、噂で想像していた以上に美しい男だった。

漆黒というよりも灰に近い黒髪と、同じく色彩のない薄灰色の瞳。

はっきりとした二重の双眸(そうぼう)は切れ長で、涼しげな目元にひとつだけある黒子(ほくろ)が印象的だった。睫毛(まつげ)は長く、頬に影を落とすほどで、鼻筋は通っている。

冷たい印象を与えるのは、顔の造りが整い過ぎている所為だけではない。

（私が武器を持っていないか、確かめもしない。いつでも御せると確信しているのね）

彼が纏っていて滲(にじ)み出るような殺気と、人を嘲るような薄い笑みが、この男は美しくとも危険なのだと本能を警戒させる。

フェリクスはアリシアの手首を摑(つか)むと、ぐっと彼の方に引き寄せてきた。もう片方の手に顎を摑まれ、口付けでもするかのように上を向かされる。

だが、頬についた血を親指で拭ってくれる触れ方が、どこかやさしいことに気が付いた。

「アリシア・メイ・ウィンチェスター。……貴殿が俺の花嫁だな」

「今日からは『アリシア・メイ・ローデンヴァルト』です。フェリクス殿下」

これから誰の妻になるのかを主張するべく、自らの姓をフェリクスと同じものに置き換えて名乗った。

アリシアは自国を発つ前に、秘密裏にフェリクスに手紙を送っていたのだ。

（私が命を狙われていることや、国境を越えたあと、事故に見せ掛けて殺されるかもしれないこと。事前に伝わっていたはずなのに。助けを寄越す気配すらなかったわね）

アリシアとしては、未来を無事に確認できたあとは、出来ることなら迎えが来て欲しかった。

（この男が叔父さまを裏切る未来は、まだ訪れていないけれど。……私にとっては、花嫁が殺されると訴えても助けてくれないことだって、立派な裏切りだわ）

心の中でべーっと舌を出したい気持ちになるものの、淑女としてはそうもいかない。

その代わりに、フェリクスの手に緩やかに指を絡めながら、彼に向けて問い掛けた。

「……あなた、私の反撃に手を貸してくださらない？」

「………………」

ここで興味深そうに目を眇めて笑うのだから、フェリクスはよほどの変人に違いない。

いつのまにか聖堂の中からは、人の姿もほとんど消えていた。

会衆席はほとんど無人の状態で、少し離れた場所には神父がへたりこむ。入口の方には、腰が抜けたらしき数十人ほどが残っていた。

血まみれの婚礼衣装で現れた花嫁が、そんなにも恐ろしかったのだろうか。秘密裏の話をするには都合が良いが、アリシアは少々心外に思う。

（あるいは彼らが恐れているのは、血まみれの花嫁ではなく……）

アリシアが見据えた先のフェリクスは、こんな風に囁いた。

「お前、本当に未来を見る力があるのか？」

「！」

目を見開いたアリシアに、フェリクスはますます面白そうなまなざしを向ける。

「やはりどうせ選ぶのなら、妹などよりもお前の方に価値があったのは間違いなかったな。シェルハラード国の、神秘の王女」

（いまや迷信とされる力の存在を、この男は信じる気になったんだわ。そこに興味を示しているようね、好都合……）

けれどもアリシアはこの瞬間から、フェリクスに隠し事をしなければならないことが確定した。

『アリシア。あなたの未来視の力には、制約があるの。殺されかけた状況で自死を選ばなくてはならないことの他に、もうひとつ』

母が教えてくれたことを、もちろん忘れているはずがない。


『――あなたが未来を見ることが出来るのは、生涯に三回だけ』


つまりはアリシアは、あと二回しか未来を見ることが出来ないのだ。

（彼が私に興味を寄せたのは、この力があるから。……それが残りたったの二回しか使えないことを知られ、ましてや使い果たした暁には、私の利用価値は一切なくなる）

アリシアが森で襲われて死に、ティーナが嫁いだ未来では、ティーナはフェリクスによって監禁状態だったと言われていた。

無価値になったアリシアが辿る運命は、それより悲惨なのは間違いない。

（回数制限を誤魔化す唯一の方法は、『力を使っていない状態でも、未来が見えたように振る舞う』こと。私が持つすべての知識と技術を使って……その上で、私はこの国を利用して、王女としてなすべきことを果たすの）

ゆっくりと目を閉じて、自身に言い聞かせた。

（まずは、どんな手を使ってもあの叔父さまを玉座から引き摺り下ろし、お父さまの国を取り戻す）

国のあちこちに協力者を得るために、慈善活動でほうぼうを歩いた。

妹のティーナの功績にされていたとしても、実際に民と関わったのはアリシアだ。その人たちはアリシアに、いつでも恩を返すと約束してくれていた。

（最後に必要なのは、強大な力を持つ国外の協力者だった。いろんな準備をしていたけれど、『夫』がそうなってくれるのが一番良いわ）

アリシアはゆっくりと目を開き、フェリクスを見上げる。

「約束してくださいますか？」

「約束？」

「私に協力すると。……でなければ、これ以上込み入ったお話をすることは出来ません」

アリシアがはっきりそう告げると、フェリクスはふっと笑った。

聖堂のステンドグラス越しに降り注ぐ陽光が、フェリクスの瞳に宿る薄い灰色の色彩を、ますます透き通らせている。

「そんな約束よりも先に、交わさなければならない誓約があるだろう」

「何を……」

上を向かされていたアリシアのくちびるに、フェリクスのくちびるが重なった。

「――……」

アリシアは思わず息を呑む。

交わされたのは、とても柔らかな口付けだ。

(婚姻のための、誓いのキス……)

アリシアを花嫁として迎え入れたこの男は、冷酷な人物だと聞いている。

力が消えたことが知られれば、アリシアだって殺されてもおかしくない。

(けれど、怯む気は無いわ)

アリシアは、フェリクスがくちびるを離したと同時に手を伸ばし、背伸びをした。

「!」

そうして自分からも彼に口付け、すぐに離して間近で見上げる。

「ごめんなさい。旦那さま」

自分のくちびるをぐっと手の甲で拭い、挑むようににこりと微笑んだ。

「私のくちびるを染めているのは、口紅ではなく血だとお伝えすることを、忘れていました」

「――――っ、は」

上機嫌そうに笑った彼の双眸には、アリシアを射抜くような冷たさが滲んでいる。彼はそのままアリシアの腰を抱き寄せると、聖堂の隅で怯えている国賓たちに宣言した。

「これをもって、アリシア・メイ・ローデンヴァルトは我が花嫁となった。妃アリシアに、祝福を」

引き攣った顔をした神父が、どうにか声を絞り出す。

「い、いまこのとき、我々の目前に新たなる歴史が開かれました。この結婚が両国の光となることを祈り、王太子と妃に祝福を！」

「……祝福を……！」

無理やり絞り出された歓声の中、アリシアはフェリクスの横顔を見上げる。

（私がこの男に殺されてしまう前に。……一刻も早く協力関係を築き、叔父さまから王の座を、奪還してみせるわ）

聖堂には祝福の鐘が鳴り響く。

（神秘と言われるこの血を、どれだけ流しても）

アリシアはその鐘の音を聴きながら、自らの夫となった美しい王太子を見詰めたのだった。

二章

アリシアの国の参列者も、フェリクスの父王の姿も無い婚礼は、口付けを終えてから間も無く終了した。

フェリクスのエスコートを受けながら、アリシアは赤い絨毯(じゅうたん)を歩く。

聖堂に僅かに残った数十人の参列者たちは、異質なものを見る怯(おび)えた視線を向けてきた。けれども隣のフェリクスは、涼しい顔で前だけを見ている。

（本当に、見目麗しい王太子さま）

その堂々とした立ち姿は、戦場でさぞかし目を引くだろう。

彼は長身で、よく引き締まった体格をしている。姿勢が美しくて見栄えがするだけでなく、体幹の良さも窺(うかが)えた。

（剣を交えるまでもなく、相当強いのが分かる。さすがは戦場での功績が、他国にまで知れ渡るだけはあるわね）

「………」

聖堂を出て、そのまま回廊を歩いてゆく。奇妙な沈黙の中、アリシアは覚悟を決めた。

（きっとこれからフェリクス殿下は、私の隠し事をすべて暴こうとなさるはず。輿入れ(こしい)の途中で殺されかけた理由や、何故(なぜ)ドレスが血まみれなのか……神秘の力と未来視、それから私の目的につい

て）

あくまで落ち着いた振る舞いでいられるよう、悟られないように深呼吸をする。

（叔父さまを故国の玉座から蹴落とし、お父さまの国を取り戻すため。その暁にお父さまを裏切った国々との国交を断絶するためにも、フェリクス殿下の協力は不可欠。私に未来視の力があと二回しか残っていないことは、絶対に誤魔化しきらないと……）

そうこうしている間に、王城の一角にある建物へとついたようだ。

居住区となる棟だろうか。そのエントランスは広く、吹き抜け式になっていて、大きなシャンデリアが吊り下げられていた。

「――さて」

（尋問……！）

アリシアが身構えると、フェリクスはつまらなさそうな顔をしてこちらを見下ろす。

かと思えば、フェリクスの腕に摑まっていたアリシアの肩に触れ、べりっと引き剝がすかのように押しやられた。

「……汚い」

「え」

ぱちりとひとつ、瞬きをする。

フェリクスは冷めたまなざしで、アリシアに対してこう告げた。

「お前は血まみれの上、あちこちが泥で汚れている。ドレスの裾には草までつけて」

「あ！　し、失礼いたしました!!」

「いいからさっさと風呂に入れ」

そう言いながらフェリクスは、白い軍服の上着を脱いだ。アリシアをエスコートした所為で、乾き切っていない血が彼にもついていている。

「侍従がメイドたちに、湯の用意をさせているはずだ」

「ありがとうございます。ですが私、着替えがなく……」

「乗ってきた馬車は、どうせ国境の森に乗り捨てられているのだろう？　騎士を向かわせ、お前の嫁入り道具を回収するよう命じておく。ついでにお前を襲ったであろう連中もな」

「……お話が早くて嬉しいです」

確かに馬車は森の中に置き去りで、アリシアの着替えのドレスはそこにあり、賊は森の中に縛ってきている。本当に、まるで森の中を見てきたかのような口ぶりだ。

「それと、医師の手配は必要ないな？」

「…………」

フェリクスは、アリシアの左胸を見遣って言った。

「……はい。何処も痛くは、ありませんから」

「ふ」

言い切ると、フェリクスは面白がるように目を眇める。

アリシアが普通に歩き回っているのだから、『このドレスを染めるのは返り血だ』と、誰もが判断しそうなものだ。

　けれどもどうやらフェリクスは、これがアリシアの左胸から広がった血であることを分かっていた。

　アリシアがじりじり警戒していると、二階から侍従らしき男性が下りてくる。

「殿下。お湯浴(ゆあ)みの支度が整ったそうです」

「ほら、行って来い。お前の着替えが到着するまで時間は掛かるが、裸でうろつくのはやめておけよ」

「う、うろつきません！　いくらなんでも！」

「ほう。お前にとっては裸よりも、血染めのドレスの方がマシらしいな」

「うう……」

　笑われて憤慨するアリシアのことを、侍従は驚いた顔で見ていた。アリシアが首を傾(かし)げれば、彼はひとつ咳払(せきばら)いをする。

「失礼いたしました。どうぞこちらへ、アリシア妃殿下」

「ありがとうございます」

　侍従について行こうとして、アリシアはフェリクスを振り返る。エントランスの彼は、再び外に出ていく所だった。

「アリシア妃殿下、申し訳ございません」

　侍従の男性に切り出されて、アリシアは視線をフェリクスから彼へと戻す。

「実は現在、身の回りのお手伝いをさせていただく侍女の手が足りておらず……」

眼鏡を掛けたその侍従は、何処か生真面目そうな雰囲気だった。

アリシアが聖堂に入場したとき、フェリクスの傍に居たように見えたが、いつのまにか姿を消していた男性だ。

「本来であれば、妃殿下がいらっしゃる前に用意しておくべきではあったのですが。何分その」

(私はこの城に辿り着く前に、殺されている想定だったということね。死人の世話をする侍女を、事前に揃えておくはずもないわ)

つまり元々のフェリクスは、アリシアを見捨てるつもりだったのだ。

(だとすれば、最初から未来視の力があることを信じてもらえていた訳ではなさそう。この力を当てにした目的がある結婚なら、さすがに救援要請を裏切ることはしなかったはずだし)

そうなれば、フェリクスは婚儀で目の前に現れたアリシアを見て、未来視の力を確信したということになる。

(血まみれのドレスを着た、私の姿を見ただけで？　一体どんな洞察力なの……)

夫の鋭さは、アリシアにとっては少々都合が悪い。未来視の力があと二回しか使えないことを見抜かれては、一気にこちらが不利になるからだ。

とはいえそれは顔には出さず、侍従の男性に微笑んだ。

「問題ございません。入浴や着替え、すべての身支度は私ひとりで行えますので」

「おひとりで、ですか？　しかし」

「あ。でももし良かったら、石鹸などは貸していただきたいです……！　取り急ぎのものを自作しようにも、ここには材料がありませんので」

「自作？　石鹸を？」

侍従が目を見開くが、アリシアにとっては日常だった。

「野生の草花や、安価な原料から作ることが出来て便利なのですよ？　素朴な材料で作ると泡立ちが悪いことは確かですが、泡の多さと汚れの落ち具合に関係がないことは、本で読んだあと実際に比較して確認済みです」

「………………」

お忍びで出向いた貧民街で、衛生面向上のために作り方を教えて回ったことも、可愛らしい見目に作り上げて販売したこともある。

侍従はしばらく硬直したあと、咳払いの上で一礼した。

「ここでの生活に必要なものは、お気兼ねなくなんでもお申し付けください。……それといまのお話、フェリクス殿下にご報告させていただいても？」

「？　はい、もちろん。特になんでもない、日常会話ですから」

「日常会話……王女による石鹸の、自作体験談が」

なんだか難しそうな顔をしている侍従の後ろで、アリシアも作戦を練る。

（お風呂から上がって着替えたら、今度こそフェリクス殿下から事情を聞かれるかしら。最初の戦いはきっと、そのときね）

侍従に促されたアリシアは、再び歩き出しながら胸を張った。

（いまから身構えていても仕方ないわ、まずはお風呂！　ゆっくりしっかり温まって、それから腹の探り合いといきましょう！）

けれどもアリシアが入浴を終え、届けられた荷物のドレスに着替えても、フェリクスに呼び付けられることはなかった。

それどころか夕食の時間になっても、アリシアは食堂でひとりきりだ。どれほど時間が経っても、フェリクスは姿を見せない。

（……どうしましょう。ご飯がすごくすごく美味しくて、綺麗なドレスを着て、さっぱりした体はぽかぽかで……）

石鹸の良い匂いに包まれたアリシアは、食後のアイスクリームを食べ終えてから呆然とする。

両親が亡くなってから、雑草を食べて古布で寒さを凌ぐ生活をしていたアリシアにとって、これはあまりにも恵まれたひと時だった。

（これではただ、嫁ぎ先で幸せになってしまっただけの状態なのだけれど……!?）

『冷酷な夫からの尋問の危機』は、一体どうなってしまったのだろうか。

「あ、あのう」

アリシアはそっと、食堂の壁際に控えていた侍従の男性に尋ねてみる。

「フェリクス殿下はいま、どちらにいらっしゃるのでしょうか？」

「殿下は所用でお出掛けでして、あと一時間ほどで戻られるご予定です」

ここまで把握しているのであれば、彼は普段からフェリクスの身の回りを世話しているのだろう。

「そのあとの殿下は、一体どのようなご予定なのですか？」

「ご入浴などを済まされたあと、少し執務をなさってからお休みになられるかと」

（明らかな厄介ごとを抱えた妻を、放置したまま……）

どうして何も問い詰められないのか、アリシアは困惑してしまった。

（フェリクス殿下に捕らわれて、未来視の力について尋問される覚悟をしていたのに。まさかこの状態で一夜明かさせることこそが、尋問の始まりだとでも言うの？）

侍従の男性は、アリシアが困っているのを察したらしい。彼はあまり表情を動かさず、それでもアリシアを気遣ってくれる。

「アリシアさまも今夜はお疲れでしょう。お輿入れ後、最初の夜でもありますし、ご用意させていただくお部屋でゆっくりとご就寝ください」

「……最初の夜」

その言葉に、なるほどと気が付いた。

「このあと侍女が、アリシアさまのお部屋にご案内いたします。フェリクス殿下の部屋とは離れた場所にさせていただきましたので、今宵はそちらで……」

「いいえ」

アリシアはにこりと微笑んで、侍従を見上げる。

「フェリクス殿下の寝室にご案内いただけませんか？　私そちらで、殿下のお帰りをお待ちいたします」

「……アリシアさま？」

「殿下もきっとお許しくださるはず。だって今日は……」

＊＊＊

「私たちの初夜ですものね？　旦那さま」

「――俺の寝室で、何をしている」

部屋に入ったフェリクスは、開口一番にそう言った。

フェリクスの寝台に腰を下ろし、レースと柔らかな布で出来たナイトドレスを纏ったアリシアは、わざと小首を傾げてみる。

「旦那さまのお言葉のすぐ直前に、私が申し上げた通りですが」

「…………」

部屋の扉を開けた瞬間、フェリクスからものすごく異様なものを見るまなざしを向けられたため、その表情が浮かべた疑問に答えたのだ。

（このまま自室に帰されて、落ち着かない気持ちで一夜を明かすなんて絶対に嫌だわ。協力関係を築き上げて国を奪還するためにも、この人の真意が少しでも知りたい）

アリシアはフェリクスの侍従に向け、『初夜に別々の寝台で寝るなど、私にとってもフェリクス殿下にとっても不名誉な噂の元になります』と説得した。

　真面目そうな侍従は、やがてアリシアの懇願に折れて、『確かにアリシア妃殿下のお言葉こそごもっともです』と同意してくれたのだ。

「侍従さんを叱ったりなさらないでくださいね。どう考えても非常識なのは、新妻を放置してお休みになろうとしているあなたの方なのですから」

「……それで？」

　寝台の前に立ったフェリクスは、静かなまなざしでアリシアを見下ろす。

「俺の新妻殿は殊勝にも、自らの体を差し出しにやってきたと」

「もちろんですわ。旦那さま」

　アリシアは完璧な微笑みを作り、少し目を眇めてフェリクスを見上げた。

　するとフェリクスの視線が、アリシアの左胸に向けられる。華奢な肩紐で吊られているナイトドレスは、谷間も見えていて心許ない。

（……っ）

　本当は心臓が跳ねている。緊張と同じくらいの恐怖心で、指先が震えそうになるのを必死に誤魔化した。

（……覚悟はしてきたはずじゃない。これは王女として、妃として当然の務めなんだもの）

「…………」

　眉根を寄せたフェリクスが、ゆっくりとアリシアの方に近付いてくる。

彼が寝台に片膝で乗り上げると、重みでマットが歪(ゆが)むのが分かった。その感覚が妙にはっきりと感じられて、思わずアリシアは目を瞑(つむ)る。

（距離が、近……っ）

フェリクスの手が伸びてくる気配を感じた、そのときだった。

「――……」

「きゃあっ!?」

アリシアの座っていた上掛けが、フェリクスによってぐいっと引っ張られたのだ。

当然バランスを崩してしまい、アリシアは寝台を転がった。端の方で慌てて起き上がると、フェリクスはこちらに背中を向けながら横たわるところだ。

「お、落ちちゃうところでしたが!?」

「知らん。眠い」

ぞんざいにそう言い切って、フェリクスが枕に頭を置く。その様子を見て、あまり知識がないアリシアにも流石(さすが)に分かった。

（……何もせずに、眠るつもりみたい?）

興味がないのか、魅力がないのか、そのどちらもだろうか。胸だけは柔らかで女性らしい丸みを帯びているが、アリシアの手足は華奢で貧相だ。

（致命的に色気が足りないのかもしれないわ！　夫婦の務めを果たす気になれない妻が相手では、協力関係になれないと言われてしまうかも……！）

「…………」

アリシアが動揺していると、彼は溜め息をついてから言った。

「あの赤は返り血ではなく、お前自身の血だな？」

「！」

やはりフェリクスは、そのことを見抜いていたのだ。

「あの状況で聖堂に現れたお前を見れば、おおよそ予想はつく。国境を越えて賊の襲撃に遭ったお前は、左胸を刺されでもしたのだろう」

「……フェリクス殿下」

「それでもお前が生きていて、なおかつ今は傷が治癒しているのだとしたら、神秘の血の力が関与していると想像される。――未来を見るにあたって払う代償として、その体か命を使ったと考えるのが妥当だ」

なにひとつ訂正するところがなく、アリシアは口を噤む。

「死に戻った花嫁の体を、その当夜に組み敷いて、酷使する趣味はない」

「……！」

見抜いた上で、アリシアを気遣ってくれたのだろうか。

それが分かった以上、観念して息を吐くしかない。

「大筋はあなたの仰る通りです。私は未来を見るために、短剣で心臓を刺しました」

「……待て」

フェリクスが身を起こし、こちらを振り返る。

「まさか、自分で胸を貫いたのか？」

「？　そうです」

「……はっ」

淡い灰色の瞳が、面白そうに眇められた。

「どうやら俺の花嫁は、想像以上に何をしでかすか分からないらしい」

「楽しそうにしていただけて、何よりですわ」

皮肉に皮肉を返すため、アリシアもにこーっと微笑んだ。

とはいえ、未来を見るための代償は、フェリクスが先ほど話したものよりももう少し複雑な条件があるのだ。

（誰かに殺されかけた状況で、自ら命を絶つ必要がある。……もちろん、それをありのまま伝える訳にはいかないわね）

それを知られてしまえば、フェリクスが未来視を必要とするときに、拷問の上で自害を迫られる可能性だってあった。

だから寝台に座ったアリシアは、フェリクスに告げる。

「――神秘の血の力を使うには、文字通り、私の血を捧げる必要があります」

「…………」

なかなかに、それらしい嘘がつけたはずだ。

「普段は自分の体を傷付けても、傷が治ることはないのですが。今回は重要な未来視を行うため、多くの血が流れる箇所を刺した所為か、こうして塞がってくれました」

本当はアリシアにとって初めての未来視だったが、慣れたことのように告げておいた。

「刺した場所を、ご覧になられますか？」

「……」

フェリクスは気怠げに寝返りを打ち、アリシアの方に向き直る。

「見せてみろ」

「…………」

冷たいまなざしで告げられて、こくりと息を吞んだ。

「……わかりました」

自分で言い出したことではあるが、やはり緊張してしまう。

それでもナイトドレスの肩紐に触れると、アリシアはそれをするりと左肩から落とした。フェリクスの視線を感じるのは、胸の傷口を確認するためなのだから当然だ。

肌の表面がちりつくような感覚に、浅く息を吐き出す。

「……っ」

ナイトドレスの下、胸元に着けている下着は、胸の下半分だけを包むものだった。

ゆっくりと指を滑らせ、ドレスをそのラインまでずらし、それ以上は乱れないように手で押さえる。

そうしてまるい膨らみの、下着に収まっていない柔らかな上半分を、緊張しながらフェリクスに晒した。

「どう、ぞ」

「――――……」

アリシアの胸元の真っ白な肌が、ランプの灯りに照らされた室内に浮かび上がる。

そこに傷ひとつ無いことを、フェリクスにも分かってもらえるだろうか。どきどきしていると、フェリクスが緩慢に手を伸ばしてきた。

「！」

間近に迫ってきた男性の手に、反射的に目を閉じる。

けれどもフェリクスが触れたのは、傷があったはずの胸元ではない。

「……あ」

彼の指が、鎖骨の辺りに掛かっていたアリシアの髪を梳く。

「本当に、朝焼けのような色をしているんだな」

（……シェルハラード国において、この髪色を持つことが、神秘の力を持つ王族の証明……）

フェリクスはそのことも知っているらしい。アリシアが瞬きをしていると、フェリクスは髪から手を離し、仰向けに寝返りを打つ。

「傷が完全に治癒していることはもう分かった。着直していいぞ」

アリシアは急いで肩紐を直しながらも、フェリクスの背中を見遣った。

「……ドレスの赤色が私の血だったということを、少しも疑っていらっしゃらないのですね」

アリシアがどんな未来を見たかも告げておらず、心臓を貫いたところを見た訳でも無いのに、こんなにも簡単に信じても良いのだろうか。

そんな疑問に対し、フェリクスは事も無げに返した。

「あれが他人の返り血なら、あのような広がり方はしない。左胸を中心にしていた上に、血飛沫のひとつも飛んでいないのだからな」

(返り血や、流血を見慣れている人間の発言ね)

フェリクスが戦場で上げている功績が、王族としての指揮ではなく実戦によるものだということは、疑いようもなさそうである。

「お前のあの姿を見るまでは、神秘の力など馬鹿馬鹿しいと思っていたが」

「迷信だと思っておいでなら、何故私を？」

「どちらの王女にも興味はなかったが。神秘の力を継ぐと言われる髪色を持った王女の方が、外交や民心掌握には都合が良い。――主に、死体の使い勝手が良さそうだった」

(この人……)

アリシアがじとりと彼を見詰めていると、フェリクスは思わぬことを言う。

「妹の方にしておかなくて、正解だっただろう？　お前を襲わせた人間こそ、シェルハラードの聖なる王女とも名高いその妹なのだから」

「……」

こちらから何も語ってはいないのに、すべてをフェリクスに暴かれてゆくような感覚だ。

「妹姫はどうやら、姉のお前が邪魔だったと見える。だがその理由は、お前が未来視の力を持つからではなく――妹姫の慈悲深さの象徴と名高い『王室の奉仕活動』が、実際にはお前の功績によるものだから、といったところか？」

重ねられてゆく的確な推測に、アリシアはこくりと喉を鳴らした。

「……どうして、そこまでお分かりに」

「未来視の力に嫉妬をするほど、あの国がその能力を有効活用できていたとは思えない。第一にそんな能力を持つ王女を、先王の子とはいえ他国には出さないはずだ。お前の故国の人間は、未来視の力が実在することを知らない」

フェリクスが何故アリシアに事情を聞かないのか、これを聞いているだけでよく分かった。

恐らくは尋ねるまでもないのだろう。彼はアリシアの抱えるものくらい、大半は推測出来ているのだ。

（……どこまでを彼に打ちあけるか、そんな計算すらさせてくれないんだわ。一番守るべき秘密だけを守ることに集中しないと、とても敵わない）

アリシアは観念するも、ちょっとした訂正を加えておく。

「妹のティーナが私を殺そうとした一番の理由は、どうやら他にもあるようですが」

「ほう？」

「あの子はあなたと結婚したかったようです。強くてお美しい、大国レウリアの王太子さま」

「はっ」

アリシアがそう告げると、フェリクスはくだらなさそうに嘲笑を浮かべる。短めの黒髪が枕に散っていて、その無防備さに何処か色気があった。

「だが、お前が俺を夫にして成したい『反撃』とやらは、妹が欲しがった男を見せびらかすことではないだろう」

「もちろんです」

アリシアは改めて背筋を正し、彼に告げる。

「私の命は本来であれば、両親の死と共に失われるはずでした」

「……」

五歳のアリシアがどんな運命を辿ったか、フェリクスであれば把握しているだろう。彼が妃を迎えるにあたり、花嫁となる相手の面倒ごとを調査していないとは考えにくい。

「それを救ってくれたのは、他ならぬ民の声です。私はあの国の王女であり、国民に恩を返さなければなりません」

「政治を知らぬ民はただ、感情で物を言うだけだ」

フェリクスの言葉は冷めていて、心底からつまらなさそうだった。

「多くの国民が危機に陥った際、お前の存在を差し出せば助かると言われていれば、そいつらはどうしていたと思う？　民衆はそのようなとき、平気で王族の首を使えと騒ぎ出すぞ」

「この命ひとつで大勢が救えるのなら、それは単純な損得勘定ですね」

アリシアは微笑み、自らの左胸に手を当てた。

「私を助けてくれた国民が、いつか私の死を願っても構いません。小さかったあのときに助けてくれた、その事実が私を生かしたのですから」

「……」

「フェリクス殿下」

彼の名前を呼んで笑みを消し、決意を込めたまなざしを真っ直ぐに注ぐ。

「あの国を叔父から取り戻し、王女としての務めを果たす。――私はそのために、持ち得るものすべてを投じます」

「……お前の力も、この俺もか」

先ほどの嘲笑とは打って変わり、フェリクスは何故か機嫌が良さそうに目を眇めた。

「これはまた、奇妙なものが妃になったな」

「末長くよろしくお願いしますね。未来視の力以外、お気に召さない花嫁でしょうけれど」

「そうでもない。気に入ったところは他にもあるが？」

「え」

思わぬ言葉に驚いて、アリシアは目を丸くした。

「そ、それは一体どのようなところを」

「顔だな」

「……顔……」

ものすごく身も蓋もない返答だ。アリシアは思わず自分の頬を両手で包み、むにりと押した。

美しかった母に似たのだから、アリシアの顔立ちについて褒められたことは何度もある。顔だけを褒められても嬉しくはないが、相手がフェリクスのような男であれば尚更だ。

（フェリクス殿下こそ、誰よりも美しい顔立ちをしているくせに。はっきりした切れ長の二重、長い長い睫毛、通った鼻筋に……）

その美しい男性が、アリシアの傍で寝転んでいる。同じ寝台にいることを意識してしまわないよう、慌てて視線を逸らした。

「……そ！」

「そ？」

「それにしても、どうしてティーナが襲撃の首謀者であることを見抜かれたのですか？　国王である私の叔父や、その妃殿下をお疑いになっても良さそうなものですが！」

誤魔化しのような問い掛けだが、本当に疑問に思っていたことでもある。フェリクスにはあまり興味のない話だったのか、返って来た声音は淡白だ。

「聞き出した」

「聞き出した？　一体それは、誰に……」

アリシアはもちろん話していない。奇妙な回答に面食らっていると、フェリクスが平然と口にする。

「お前の命を狙った、賊共にだ」

「――――！」

この場の空気が凍り付き、反射的に体が強張った。

フェリクスの灰色の瞳に滲むのは、薄暗くて強烈な殺気だ。

「……あなたが直々に、尋問を……？」

アリシアをここに連れて来たあと、フェリクスは再び外出したのだ。

そしてこの時間まで戻らなかった。そこで何をしていたのかを理解して、アリシアの心臓が早鐘を打つ。

「殺してしまわないよう嬲るのに、苦労した」

「……っ」

微かな嘲笑と共に紡がれたその言葉に、ぞくりとアリシアの背筋が冷えた。

「お前の妹は毒婦だな。賊共の全員を惚れ込ませて、口を割らせないよう仕込むとは」

「……」

「凄まじい痛みと恐怖の中とはいえ、惚れた女について口を滑らせたことを悔いたのだろう。襲撃を命じた人間がお前の妹であること以外は、いよいよ何も喋らなくなった」

フェリクスはそう言って、自身の指先を眺める。それは恐らく、爪の間に血が残っていないかを確かめる仕草だ。

「お陰でお前の事情の大半は、こちらで推測するしかなかったが。まあ、おおよそ外れてはいないようだ」

「フェリクス殿下……」

アリシアは何も言えなくなり、ぐっと口を噤んだ。

（為政者としての才覚が、桁外れだわ。この男に未来視の力について探られても、秘密を隠し通さなくてはならないなんて……）

フェリクスがアリシアを欲したのは、未来視の力を欲するからでしかないだろう。

（彼が未来視をどう使うのか、なんのために必要としているのかも分からない。残り二回しか使えないことを知られたら、私の目的よりも自分を優先させようとするはず）

寝転んでいるフェリクスの瞳が、アリシアを見上げた。

「その呼び方。つまらんな」

「え？」

ぱちぱちと瞬きを二回してから、彼の呼び名について言っているのだと思い至る。

「……フェリクス殿下」

「…………」

（もっと、別の呼び方をしろと言うこと？）

フェリクスの侍従である男性も、『フェリクス殿下』と呼んでいたはずだ。だから問題はないはずなのに、アリシアにはそう呼ばせたくないのだろうか。

だとしても、どのようなものが適切なのだろうと考え込んでしまう。

「フェリクス、さま」

首を傾げつつ呼んでみても、フェリクスはやっぱりなんだかご不満のようだ。

「旦那さま、とか？」

「…………」

「ダーリン」

「……………………」

「そ、そんな白けた目で見なくても……!!」

アリシアはううんと唸る。それからふと思い付いて、試しに口にした。

「じゃあ、『フェリクス』」

「……」

この王太子を呼び捨てにするなんて、不敬な態度にも程があるだろう。

王族の夫婦関係は、決して双方が対等なものではない。王位継承権がある方が強いのだから、アリシアがフェリクスを敬う立場だった。

けれどもフェリクスは、それで良いと言わんばかりに目を瞑る。

「……ああ」

「！」

びっくりしてアリシアが息を呑むと、もう一度目を開いたフェリクスがこちらを見遣った。

「なんだ」

「い、いえ。そのようなことを仰られるのは、少し意外だったもので」

「……ふ」

（どうして満足そうなのかしら……）

フェリクスは、そのまま目を瞑る。

「話し方も、そのように畏まったものでなくていい。お前の自然体のままにしていろ」

「で、ですが」

フェリクスが再び寝返りを打ち、アリシアに背を向けた。その襟元から覗くうなじの背骨がごつごつしていて、彫刻のように美しい。

「……フェリクス」

アリシアはこくりと息を呑んだあと、彼の傍にそっと手をついて、小さな声で確認する。

「……初夜、本当に、何もしない？」

「しない。——抱かれたいのか」

「っ、違うわよ！」

「だろうな」

本当にどうでも良さそうに言われて、アリシアはほっとした。

（これに関しては、王女として最低限の閨教育すら受けてなくて、絶対に失態を見せてしまうもの。この様子なら、フェリクスとはずっと何もない？）

念の為に、彼の背中をつんつんと指でつついてみる。

「……つつくな」

「くすぐったい？」

「…………」

煩わしそうに上掛けで阻まれて、確かに大丈夫そうだと確信した。

「ずっと白い結婚でいられそうで、よかった」

アリシアは隣に寝転び、もぞもぞと就寝の体勢に移る。

「……おい」

「なあに？　私も眠くなってきちゃったの」

「お前にも部屋をやっただろう」

「いらないって言っちゃった。だって、夫婦は同じ寝室で眠るものでしょう？　私の両親はそうしていたわ」

五月とはいえ、今は夜だ。上掛けをもらえないと少し肌寒いが、こういうときの寝方なら心得ている。

「それに私、フェリクスしか頼る人がいないの」

フェリクスの大きな寝台には、使いもしなさそうな枕がたくさん並んでいる。

そのうちのひとつを借りたアリシアは、木箱に藁を敷いた寝台と比べ物にならない寝心地に感動しつつ、体を丸めて両手を太ももの間に挟んだ。

「妻の座を揺るぎないものにするために。朝まで一緒にいた既成事実は……作らせて、もらわない……と……」

「…………」

「それに……明日、朝……牢……………囚人……脅迫…………………」

「『脅迫』……？」

最後まで宣言したかったのに、甘い眠気がすべての意識を攫ってゆく。

「『俺しか頼る人間がいない』だと？　嘘をつけ。お前のような人間は、誰に頼る必要もないだろうに」

アリシアが寝息を立て始めたあと、フェリクスが身を起こして溜め息をついたことなど、もちろん知る由もない。

「……いくらなんでも、肝が据わりすぎだ」

すうすうと眠るアリシアに、フェリクスは嘆息してから上掛けを乗せる。

そうして互いに背を向けて、初めての夜を過ごしたのだった。

＊＊＊

「どういうことなの。……どうしてなの、フェリクス殿下とお姉さまの婚姻が無事に終わっただなんて……!!」

その知らせを受け取った王女ティーナは、自室でひどく動揺していた。

部屋の隅に飾ったトルソーには、ティーナのための婚礼衣装を着せている。

計画では今頃ティーナは、『大好きな姉の死』という悲報に泣き暮れながらも、レウリア国との同盟のために姉の代わりを申し出ているはずだった。

それが失敗し、姉が王太子妃になっただなんて有り得ない。

有り得ないはずなのに、姉の殺害を命じた面々からは、一向に報告がこないのだ。

「ティーナさま、夜分遅くに失礼いたします」

閉ざした扉の向こうからは、侍女の声がした。

「明日の慈善活動についてですが、どのようなご準備をなさいますか？　不慣れで申し訳ございません。引き継いだばかりで何も知らず、ティーナさまがいつもやっていらっしゃる内容をご指示いただければと」

「……ごめんなさい、実は少し体調が悪くて……」

咄嗟に空咳を繰り返して、弱々しい振る舞いで侍女に返した。

「お姉さまが出立なさってから、寂しくて食欲が落ちてしまったの」

「そ、それはいけません！」

ティーナがついた嘘を信じて、侍女が廊下で慌て始める。

「薬湯をお持ちいたしますので、ティーナさまはすぐに寝台へお入りください」

「いいえ、いけないわ……。私が風邪などを引いていたら、あなたに伝染してしまうかもしれないもの」

「ですが、ティーナさまのお体こそが……」

「私は平気」

扉に向かってにこりと微笑みながら、念の為トルソーに布を掛ける。

「でも、今夜は言われた通りにもう休むわ。寝台の中で、お姉さまのことを考えながら眠りましょう」

「……はい。ティーナさまに、素敵な夢が訪れますように」

侍女の足音が遠ざかる。ティーナは布を掛けたトルソーを見据え、強くくちびるを噛み締めるのだった。

三章

地下に続く薄暗い階段には、三人分の靴音が反響していた。

一番先を歩く騎士は、手に掲げたランタンを震えさせている。彼は階段の途中で振り返り、決死の覚悟を決めた表情でこう言った。

「恐れながら、フェリクス殿下……」

王太子に意見することへの恐怖心が、その騎士にはありありと見えていた。けれどもここで何も言わない方が、もっと恐ろしい事態になると踏んでいるのだろう。

「ご存じの通り、この先の牢獄（ろうごく）は過酷な環境です。どうかお考え直しの上、引き返された方がよろしいかと……」

「ほう？」

「も、もちろんフェリクス殿下に申し上げているのではございません!!　私が懸念しておりますのは、奥方さまのことであります。淑女の目の前に鼠（ねずみ）などが現れては、昏倒（こんとう）されてしまうかと……」

言い淀（よど）んだ騎士の視線を追い、フェリクスがアリシアの方を振り返った。

しかしアリシアは、それに反応するどころではない。持っているランタンを壁際に近付け、そこに開いた穴を覗（のぞ）き込んで、ひょこりと顔を覗かせる鼠の観察に夢中だった。

「この国の鼠。……なんて毛並みが綺麗（きれい）なのかしら……！」

「あ、あの、妃殿下……？」

フェリクスを挟んだ向こうにいる騎士が、アリシアの姿に戸惑っている。だがアリシアはぶつぶつと呟き、自分の考えを整理するのに大忙しだ。

「うちの国の牢に出た鼠とは大違い。特有の異臭もしないし、そもそも牢の空気が澱んでいないわ。ねえフェリクス、この国って囚人に病が流行って死ぬ割合はどれくらい？」

「っ、フェリクス殿下を呼び捨てに……!?」

「そのような数値を、これまでに一度も調査したことがない程度には少ないな。獄中死に関して全件目を通してはいるが、流行り病という事例は年に一度も見ない」

「これだけ鼠が綺麗なら、囚人の牢屋ですら衛生面が保たれているということよね。その結果、明確に病死が減っている……この子のことも、もっと観察したいわ」

アリシアはふと思い付き、フェリクスに確認してみる。

「フェリクス。あなたの寝室、飼育かごを置くスペースたくさんあるわよね？」

「俺の部屋に鼠を持ち込んだら、お前ごと叩き出すからな」

「えーっ!!」

頼む前に却下されてしまうが、つまりこれは、鼠さえ持ち込まなければ叩き出さないでいてくれるのだろうか。

そんなことを思いつつも、騎士がこちらを見上げて呆然としていることに気付く。

「どうされましたか？」

「い、いえ。あの……」

「見ての通り、この場所への案内は妃本人の希望だ。――分かったら、黙って己の任を遂行しろ」

「失礼、いたしました……!!」

騎士が慌てて階段を下り始める。フェリクスはもう一度アリシアを振り返り、「これでいいんだろう」とでも言いたげに目を眇めた。

（そんなに恩を着せなくても、十分理解しているわよ。王太子妃がここに来ることが、あまり好ましくないことくらい）

この階段の先に続くのは、囚人を捕らえている牢獄なのだ。

普通ならば、連れて行ってほしいとねだる場所ではない。それでもアリシアがここに来たのは、叔父を玉座から引き摺り下ろす目的のためだった。

＊＊＊

『あなたの時間を一時間だけくれないかしら。フェリクス』

今朝方、食堂の長いテーブルを挟んで彼と向き合ったアリシアは、ナイフを使わなくて済む果物を食べながらそう尋ねたのだ。

フェリクスはそれに対し、すんと冷めた表情で、ベーコンを切りながら答えた。

『お前はすでに昨晩、とんでもない寝言の数々で、俺の睡眠時間を奪ったばかりだが？』

『そ、それは本当にごめんなさい……!! 自分が寝言を言うだなんて知らなかったの! 寝相も悪かったわよね? 知らないあいだにあなたの上掛けを取っちゃってて、びっくりした……』

『………』

フェリクスが黙って朝食を口に運ぶ、その所作すら美しい。アリシアは寝ているあいだの無作法を申し訳なく思いながらも、改めて彼に頼んだ。

『昨日あなたは、私を襲った賊に尋問をしたのでしょう? 私も彼らに会いたいの』

『ほう。俺よりも尋問が上手(うま)い自信がある、と』

『聞き出したいことがある訳じゃないわ。だけどあの人たちは、ティーナの命令に従っていた。……叔父さまから王位を奪還するにあたって、ティーナを踏み台にするのが玉座への近道でしょう?』

林檎(りんご)にフォークを突き刺して、アリシアは微笑(ほほえ)む。

『私を殺そうとした男たちは、踏み台への最高の足掛かりだわ』

『――は』

フェリクスは面白そうに笑いながら、その脚を組み直した。

『いざとなったら叔父と戦争をする、その覚悟があるのか』

『五歳の頃から十三年間、叔父に尽くしながら訴えてきても、国が滅ぶ未来はなにひとつ変わらなかった。色んな国の要人たちが、叔父さまをみんなで取り囲んで殺したわ』

死の向こうで見えたあの光景は、はっきりと脳裏に焼き付いている。

叔父が思うままに貫いた政治の先で、父を裏切った国々による侵略が起きたのだ。

『私が叔父さまを倒さなければ、たくさんの国々がシェルハラード国を滅ぼしに来るだけ。領土は各国が奪い合い、引き裂いて、国民が苦しむでしょう』

そうなることは、未来を見るまでもなく明白だ。

『あの男の血を流さなくては奪えないなら、残念だけれどそうするしかないわね』

『そのために、反逆を選ぶか』

『逆よ』

アリシアはナイフを握り締めて、フェリクスを静かに見据える。

『本当の反逆者は、お父さまを殺した人の方だわ』

『……ふ』

フェリクスはやはり面白そうな顔をして、それから意地悪く目を伏せた。

『俺は、お前に協力するとは一言も言っていないが』

『う……！』

そうなのだ。

アリシアは叔父を玉座から引き摺り下ろしたいが、それにはフェリクスの力が必要不可欠である。

とはいえフェリクスがアリシアに価値を感じている点は、未来視の力のみだった。

（顔、と言われたのは無視をすることにして……）

未来視を上手く使って交渉しつつ、残り回数があと二回だということは隠さなければならない。

『あなたのしたいことって、一体なんなの？』

それが分かってさえいれば、新しい価値を提供する方法もあるはずだ。

アリシアの問い掛けに対し、フェリクスは事も無げに言った。

『――攻め滅ぼさなくてはならない国がある』

『！』

そのあとで、挑むように笑みを浮かべる。

『と、言ったらどうする？』

『……』

アリシアはその挑発を受け取って、にこりと微笑んだ。

『はっ』

『めちゃくちゃにしたい国を持つ夫婦同士、支え合えたら嬉しいわ』

どうせこの先、清廉潔白な王太子妃でいられるとは思っていない。

叔父が殺される未来にフェリクスが存在していなかった以上、彼の目的はアリシアの国ではないのだから、そこに口出しをする筋合いはなかった。

『俺が何をするつもりかは、未来を見れば確実に分かるのではないか？』

『血を捧げる為に、痛い思いをする回数は減らしたいわ。それに、あなたの目的が失敗するとしたら、未来を見に行っても答えを得られないかもしれないし』

『ほう』

『未来は変わるわ。しかも、その未来に辿り着くことの出来た要因がなんだったかまでは分からない。見ることの出来る範囲には、限りがあるの』

未来視に慣れていないことが気付かれないよう、敢えて断定系で言い切っておいた。

『私は、愚かな叔父によって国が蹂躙される未来を見たわ。それを変えるための第一歩として、この王都の牢獄に案内してほしい』

『……』

『そこで気が向いたら、未来視をするところを見せてあげるかもしれないわ。この力をどう使うのかは、あなたも知っておきたいのではない？』

『……言っておくが』

皿のものを綺麗に食べ終えたフェリクスが、静かにナイフとフォークを置いた。

『俺の一時間は、小国の命運くらいは左右できる価値を持つ。面白いものを見せなければ次はないぞ』

『ふふ！　決まりね』

アリシアがにこーっと笑って告げると、フェリクスはアリシアが食べ終えるのを待つ様子はなく、立ち上がって食堂を後にした。

その背中を振り返って見送りつつ、アリシアは目を眇める。

（攻め滅ぼしたい国、ね……）

＊＊＊

「――さて。ご機嫌よう、ティーナの飼い犬さん」

「…………」

鉄格子が嵌められた石造りの牢前で、アリシアは敢えて丁寧な挨拶をした。

牢の中には、体格の良いひとりの男が座り込んでいる。その両手、両足首には鉄製の枷がつけられ、獄中でも自由に身動きが出来ないようにされていた。

首筋まである長さの赤髪は、赤黒く変色した血で固まっている。双眸には深い憎悪を宿し、真っ直ぐにアリシアを睨み付けた。

「昨日、あなたたちに殺されかけて以来ね」

この男は、アリシアに最初に剣を向けてきた男だ。アリシアは彼の目の前で、彼の殺気を利用して未来を見た。

「あなた以外の賊はみんな気を失っているらしくて、お喋り出来る人が他にいないの」

「……」

「ね。フェリクス」

アリシアが振り返った先には、フェリクスが獄卒用の椅子に腰を下ろし、冷めた様子で両腕を組んでいる。

「その男がこいつらの代表格だろう。昨日の俺の尋問でも、唯一声すら漏らさなかった」

「ティーナに対する忠誠心の強さかしら。この牢の鍵を貸してくれる？」

アリシアがフェリクスにねだると、彼は先ほど騎士から受け取っていた鍵をアリシアに放った。

「お前にこの男を喋らせることが出来るか、手並みを見せてもらうとしよう」

「あら。わざわざ語らせる必要は、ないかもしれないわよ？」

フェリクスが僅かに目を眇める。アリシアは牢の鍵を開けながら、ゆっくりと賊に語った。

「男を惚(ほ)れさせて虜(とりこ)にするティーナの手腕には、敵(かな)わないわね」

「……」

案の定、男の視線が強さを増す。アリシアは牢の扉を開くと、枷で拘束された男の方に歩み出した。

（……人間を最も浅慮にさせる感情は、きっと怒りだわ）

脳裏に浮かぶのは王妃の姿だ。幼いアリシアを虐げた彼女の目には、いつも強い憤りが揺らいでいた。

（フェリクスではなく、私の挑発だからこそ意味がある）

目立たないように持ち込んでいた短剣の鞘(さや)を抜き、いつでも使えるように刃を晒(さら)す。

アリシアは賊の男を見下ろして目を眇め、憎まれるのに相応(ふさわ)しい強気な表情を作った。

「愛嬌(あいきょう)のある子が得をするのかしら。ティーナはにこにこと上辺だけ微笑んで、男に甘えていればいいのだもの」

「…………」

（いいわ。もっと怒りなさい）

わざと無防備に身を屈め、鎖付きの枷が嵌まった腕でも届く範囲に身を寄せる。

「――何も出来ない、お姫さまなのに」

アリシアが囁いた、その次の瞬間だった。

「ティーナさまを、侮辱するな!!」

（来たわね！）

明確な殺気が迸り、男の手がアリシアの首を摑もうとする。瞬時に躱したアリシアの前で、枷についた鎖が男の行動を阻んだ。

アリシアはそのまま短剣を翳し、自らの手の甲を一気に斬る。

「――――……」

フェリクスが観察する中で、アリシアの手から赤色が散った。

一方で昨日の死に戻りを見ている賊が、警戒してひどく顔を顰める。

「……お前が昨日も使った、妙な技……！」

（昨日のそれとは、違うのだけれどね）

手のひらで傷を押さえながら笑い、目を閉じた。

これで舞台は整ったのだ。アリシアはフェリクスに説明した通り、『誰かに殺されかけた上で血を捧げる』という偽りの条件を満たした。

（さあ、はったりを貫くわよ。最大の敵はフェリクス……！　まるで未来を見てきたかのように、堂々と騙（かた）る……）

　そう覚悟をしたアリシアは、瞼（まぶた）を開く。

「このままあなたが辿るであろう、未来が見えたわ」

「未来が見える、だと？　本気で言っているのか」

「そうよ。教えてあげる」

　落ちる血が、牢獄の床をぱたたっと叩いた。

「あなたは、私の殺害に成功するの」

「——!?」

　賊の男が目を見開く。

　アリシアは敢えて余裕の微笑みを浮かべ、言葉を続けた。

「ただしその果てに、よからぬ噂（うわさ）が立つ。『アリシアを殺すよう仕向けたのは、ティーナ王女である』とね。いくらティーナが天使のようだと愛されていても、ゴシップ好きの国民が噂を広めたようだわ」

「…………」

「ティーナの安全を守るために、叔父さまはしばらく外出の禁止を命じた。そうなると、未来ではこんなことが起きるみたい」

　未来を見る王族のことは、誰もが迷信だと思っている。

　けれども賊の男はきっといま、国に伝わる伝承を思い浮かべているだろう。

「ティーナ自身が動けなくなることで、地方への慈善活動がすべて停滞したわ。あなたもご存じの通り、王室には『ティーナ以外の誰ひとりとして』平民に目を向ける者はいないものね」

「……っ」

男が眉間に皺を寄せるのを確認しながら、アリシアは推測を深めてゆく。

「最初に貧しい村が滅んだ。……たとえば、ニーリエの村」

「!!」

その名前に彼は強く反応し、アリシアを睨んだ。

「ティーナの慈善活動が停止し、小さな村が困窮した結果、村同士での争いに発展したの。まだ小さな女の子が、両親の亡骸に縋りついて泣いているのが見えたわ」

「……貴様」

「あなたは助けに向かった。でも、間に合わない。『妹』までもが死んでしまう……」

アリシアは、自らの手の甲を斬った短剣の切先を賊へと突き付ける。

「──あなたが私を殺したから、そうなったの」

「……何故、俺の故郷や妹のことを知っている……!!」

フェリクスがアリシアに注ぐ視線を感じた。

フェリクスに背中を向けたまま、アリシアは賊に微笑み掛ける。

「私の力で見えたのよ。そうなる未来がね」

もちろん本当は、真実ではない。

（私が知っているのは寧ろ、この男の過去の方）

決してそれを悟られないように、アリシアは微笑んだ。

（賊に襲撃されたとき、この男の顔には見覚えがあった）

思い出すのは、未来視の力を使おうとした直前のやりとりだ。

『あなたたち、私を殺そうとしているのよね？』

『命乞いをしても無駄だ。お前はここで死ぬ、諦めろ』

『その言葉を聞くことが出来て、安心したわ』

あのとき見覚えがある男だと感じたのは、彼に面差しのよく似た人たちを知っているからだ。

それは、アリシアが叔父から慈善事業を任されるきっかけになった、とある男性とのやりとりだった。

『あれ？　今日はおばさま、いないの？』

アリシアが七歳のとき、いつも夫婦で王都にやってきていた商人が居た。

ニーリエの村から来ていたそのふたりは、アリシアをとても可愛がってくれていたのだ。

『ああ……実は、末の娘が流行り病で具合が悪くてな。なかなか元気にならなくて、交代で看病してるんだよ』

『流行り病……』

『国外に働きに出ている息子が、なんとか薬を送ろうとしてくれているんだがなあ。この国にないものが国境を越えるには高い税金が掛けられてしまって、とても払えそうもなくて……』

その商人の顔は、いま目の前にいる賊とよく似ている。

（ニーリエの村は、私が最初に薬を広めた村。そして、あのとき助けた村の出身者がこうして敵になっているのも、出来すぎた偶然なんかじゃない）

なにしろその知識や功績、慈善事業の発案者は、すべてティーナだということになっている。

（城の騎士以外に、ティーナに対して強い忠誠心を持つ勢力があるのなら、それは慈善事業によって救われた人たちでしか有り得ないわ）

この賊たちが、拷問に掛けてもなかなか口を割らなかったことは、昨晩フェリクスから聞いていた。

（それなら賊のうち誰かひとりくらいは、私が見知った人の関係者であるはず。すべての場所を、私自身が歩いて回ったのだもの）

その前提で思考を進めれば、森の中で見た賊に見覚えがあった理由について、『彼はあの商人夫婦の息子だった』と考えるには十分だった。

アリシアの故国はいま、関門を通るにあたって莫大（ばくだい）な入国税を払う必要があり、国外から薬ひとつ送るのも苦労するほどだ。

（叔父さまの命令で、村に出入りしていたのがティーナではなく私だということは、一部の人にしか知られないように行動しなくてはならなかった。私が薬の作り方を伝えたことを知る人は、村の当事者にもほとんど居ない）

国の外に出ていたというこの賊が、家族に会って詳しい真実を聞くことは出来ないだろう。

(手紙という形に残るもので家族に伝えるなんて、もっと難しいわ。だからこの男は、家族を救ってくれたのがティーナだと信じて、ティーナに深い恩義を感じている。両親や歳の離れた妹を大切に思う、そんな人物)

アリシアはその知識を利用して、未来を見たかのように振る舞ったのだ。

「せっかく流行り病から生還した妹が、あなたの腕の中で息絶える光景は悲惨だったわ」

「……やめろ」

「ティーナから私が悪女だと教えられ、『姉を生かしておくと戦争が起きてしまう』と泣きつかれた？　でもその戦争を回避するために私を殺した所為で、ティーナが不利益を被って、あなたの村は消えてしまう」

「やめろ……!!」

手枷についた鎖が、がちゃん！　と鳴る。

「それを避けるためということを口実にして、俺を殺すつもりか。まだるっこしいことをするな、さっさと殺せ!!」

アリシアは目を眇め、人差し指を顎に当てて首を傾げる。

「あら、まだそのつもりはないわ。あなた、それなりに良い男だもの」

「しばらくの間、私の護衛になってもらおうかしら」

「は……？」

絶句する男に反応することなく、アリシアはくるりと振り返る。

「ねえフェリクス。お願い、この男を私のアクセサリーとして連れ歩いて良いでしょう？」

そのまま牢を出ると、獄卒用の椅子に座ったフェリクスの膝へ、横向きに座る。

フェリクスが僅かに目を眇めるが、構わずに彼の頬に手を伸ばし、新妻らしく願いごとをした。

（あの賊の目に、愚かな女として映った方が好都合だわ）

だからこそ、節操なく振る舞った方が良い。冷めたまなざしのフェリクスに向けて、甘えるふりをする。

「彼はティーナのために私を殺しに来ているだけだもの。私以外の人に、危害を加える未来は見えなかったわ」

「却下だ。お前を殺すために、他の者に危害を加えて脅迫してくる可能性がある」

フェリクスがそう言ったのは、恐らくはアリシアを守るためではない。そのような事態になった場合、単純にフェリクスが面倒なのだろう。

フェリクスはそれを隠すつもりもない表情だったが、アリシアを膝から落とすような真似はしなかったので、それだけは少し意外に思った。

「それなら手枷を付けたままでいいわ。どうせあなた、あと三十分もしないうちに公務へ出掛けてしまうのでしょう？　目の保養、傍に置いておきたいの」

「……くれぐれも、縄から手を離すなよ。お前が殺されたときは、故国に報告くらいはしてやるから安心しろ」

「ふふ。そうなったら私の見た未来の通り、ティーナの悪い噂が立っちゃうわね……？」

牢の方を見遣れば、賊は依然として強い憤りを宿した瞳で、アリシアを強く睨み付けている。

「事実無根の噂ではないから、とっても否定しにくいと思うわ。ティーナが私の襲撃を命じた以上、その証拠をすべて消し切ることは難しい」

「お前は……」

怒りに震えるその男が、必死に抑えるような声音で紡いだ。

「貧しい村が苦しんでいる最中にも、お前たち王族は何もしなかった。ただひとり、ティーナさまを除いては……」

「……そう」

「お前のような毒婦が、大国の王太子妃の権力を握っては、民がどのように苦しめられるか分からない。あのお方は、そのことを必死に悩まれていたんだ……！」

「『民のために、誰かを殺すことも厭わない、王女としての覚悟』」

ゆっくりと目を細め、男に告げる。

「――それが本当にあの子にもあったのなら、重畳ね」

「………………！」

言い放ったその声は、我ながら冷え切ったものになってしまった。

アリシアはにこっと笑い、フェリクスに向き直る。それから、くちびるの動きだけで彼にお礼を言った。

（お膝を貸してくれて、ありがとう）

「………」

そうしてフェリクスの膝から降りようとした、そのときだった。

「！」

フェリクスが、アリシアの手首を捕らえる。

先ほど短剣で斬った甲は、いまだに血が止まってはいない。

「ど、どうかした……？」

「………」

淡い灰色の瞳が、じっとその傷口を観察する。少し伏目がちな表情は、その睫毛の長さを殊更に強調させた。

かと思えばフェリクスは、アリシアの手の甲にくちびるを寄せて、滴る血の雫を舐め取るのだ。

「ひゃっ!?」

「――……」

その舌は熱くて柔らかい。びくりと肩が跳ね、変な声まで出てしまう。

「な、何!?」

フェリクスは無表情のまま、その赤い舌で自分のくちびるも舐めた。何もおかしなことはしていないと言いたげなその無表情に、ほんの少しだけ嫌そうな感情が交じる。

「……不味いな」

「当たり前でしょ！」

ぱっと手首が離されたので、アリシアは慌てて自分の手を引っ込めた。フェリクスはそんなアリシアの体を素っ気なく押しやりながら、早く降りろと促してくる。

「たとえ神秘の血の味といえど、戦場で口に入る血と変わらんか。つまらん」

そう言ってべっと舌を出すので、よほど美味しくなかったのだろう。

(味が気になるのも大概だけど、それを実際に舐めてみて試すのもどうかしてるわ……！)

「なんだ、その顔は」

「こんな顔をしたくもなるわよ。……とにかく！」

アリシアはようやくフェリクスの膝から降りると、格子越しに賊を見下ろす。

「この男は連れ回させてもらうわ。私の飾りとしてね」

「………」

＊＊＊

騎士によって牢から出されたザカリーは、手首に食い込む枷をじっと睨み付けながらも、自らの敵のことを考えていた。

ザカリーは、ティーナにアリシアの暗殺を願われ、何が何でもそれを果たすと誓っていた身だ。

それがこうして失敗し、投獄されて何も出来ないどころか、これから見せ物としてアリシアに連れ回されるのだという。

（アリシア・メイ・ローデンヴァルトは、ティーナさまの憂いの元凶だ。あのお方が泣きながら決死の覚悟で、姉を殺してくれと仰った……）

先王の王女であるアリシアは、国民の嘆願によって生かされたにも拘らず、ティーナが幼い頃から悪事を行なってきたのだという。

かつてティーナに救われてきたザカリーたちを、ティーナの『影の騎士』として集めたのは王妃だ。

いざというとき、国の正規の騎士では動けないこともあると言い、ザカリーたちは表立って出来ない仕事を任されていた。

『これまでは、私がお姉さまの非道な思惑に、密かに対応して参りました。どんなに辛いことがあっても、私ひとりが耐えれば良かった……』

『……ティーナさま』

『けれどお姉さまが王太子妃になっては、今度こそ膨大な犠牲を生むかもしれません』

瞳いっぱいに涙を溜めたティーナは、震えながらもザカリーたちに懇願したのである。

『すべての罪は、私が被ります。……どうか、アリシアお姉さまの生み出す悲しみに終止符を打つため、力を貸してください……！』

（……アリシアの傍で、好機を探る。あの女の言った未来通りになど、するものか）

ザカリーはそれを決意しながら、ゆっくりと地上への階段を上がっていった。

その途中で、先を歩いていた女が振り返る。

「ところで。あなたの妹は、今は元気なのかしら？」

そう問い掛けてきたアリシアを、ザカリーは再び睨んだ。

「病の後遺症もなく、村を走り回っていると手紙が来ている。すべては、ティーナさまのお陰でな」

「そう」

その瞬間だった。

「……よかった……」

「！」

アリシアは、心から安堵したように微笑んだのだ。

演技とは思えないその表情に、ザカリーは思わず立ち止まる。それを騎士に引っ張られ、再び歩き出した。

（……何故だ？　この女が、俺の妹を気に掛けるはずも……）

そして、朝焼けのような赤紫色の髪を持つ、華奢な女の背中を見上げる。

（まさか、な。……いや、だが……）

湧き上がる考えを押し殺しながらも、ザカリーは彼女について地上へ出た。

何処に連れ回されるのかと思いきや、放置されたのは王城の一室だ。

どうやらここは本来なら、主君に仕える侍従が待機するための部屋らしい。さほど広さのないその部屋に、ザカリーはひとりで残されている。

けれども隣室には、あの女がいるのだ。

ザカリーが背を付けた扉の向こうからは、小声に抑えているつもりかもしれないが、はっきりとアリシアの声が聞こえてきていた。

「これより、シェルハラード王室への反撃を行うわ。そのためにフェリクス、あなたの力が必要なの」

（必ずやティーナさまのために、あの女を……）

両手首に手枷を嵌められたまま、ぐっと拳を握り込む。

しかしザカリーの脳裏には、先ほど覚えた違和感がまだ残っていた。それを振り払うように、目を瞑る。

（……いまはただ、ティーナさまのご恩に報いることだけを考えろ）

＊＊＊

「どうして俺が、お前に力を貸さなくてはならない？」

「…………」

アリシアの切り出した言葉に対し、フェリクスが言い放ったのはその一言だった。

この国の王城は、主城が東西と中央に分割されている。

フェリクスとアリシアの居住区は東側にあり、中でもこの部屋は、歴代の新婚夫婦が語らう為に作られた部屋なのだそうだ。

けれど、椅子に気怠げに座ったフェリクスの双眸には、アリシアと会話をする気すらない。

「……こほん。まあ聞いてちょうだい、フェリクス」

「朝食のときにお前の言い出した『一時間』はとっくに終わった。こちらはすでに公務に戻ったあとであり、いまは昼食の予定時刻だ」

「昨日嫁いで来たばかりの新妻が、夫とお喋りしたいってお願いしてるのに……?」

「俺は腹が減っている」

美しすぎて人形みたいに整った男でも、食欲はあるのだ。当たり前のことではありつつも、アリシアは興味深く感じた。

「では迅速に済ませましょう。なるべく早く終わらせるように努力するわ」

甘えてみても意味がないことを確認し、アリシアはさっさと話を進めることにした。

「この辺りの国々には古くから、王族が国を越えて花嫁をもらった場合、妻の故国に訪問を行うのが慣例でしょう?」

「だからなんだ」

「面倒だとは思うけれど、この慣例を果たしてほしいの」

そんな話をしながらも、卓上に白紙の紙を広げる。フェリクスはつまらなさそうに眉根を寄せるが、なんとか席を立たずにいてくれた。

「そのパレードを利用すれば、叔父さまを討つことが出来るかもしれない」

アリシアはそんなことを話しながら、静かにペンを走らせる。

「私たちの身辺警護のためと偽って、少数精鋭の騎士たちをシェルハラード国に連れてゆくの」

「…………」

「王都や城を守る防御の内側に、軍勢を潜り込ませる。これが出来たら、戦争は勝ったも同然のはず」

そう言って、紙に書いた一文をフェリクスに見せた。

『ザカリーというあの賊に、この会話を聞かせた上で逃すわ』

扉の向こうで賊が聞いていることくらい、フェリクスも気が付いているはずだった。

アリシアはその上で、引き続き『表向きの作戦』を話す。

「さすがにこのレウリア国に対して、『私の故国と全面戦争をして』なんてお願い出来ない。だからこれは、旦那さまへのささやかなおねだりよ」

「は。……随分と、高くつく我儘を言う妃だな」

「あなたの私兵を使い、パレードに油断しきった王だけを討つのであれば、このレウリア国にも失うものは少ないのではないかしら？」

再び紙に書き記した文章を、フェリクスに見せた。

『あの男に偽りの情報を持ち帰らせれば、叔父さまは反対に私たちを迎え撃とうとして、パレードの際に仕掛けてくるはず。それを利用して混乱させて、私ひとりが城に乗り込む』

そして、叔父を討つ。

『嘘でもいいから、「分かった」と声に出して、この作戦を了承して』

その懇願を込めてフェリクスを見据えれば、フェリクスはまっすぐにこちらを見返した。

（強い、まなざし……）

フェリクスがアリシアの方に手を伸ばした。

かと思えばアリシアからペンを奪い、美しい持ち方で握る。

「――お前は」

「！」

アリシアが書いた文章の、『嘘でもいいから』から始まる文節が、フェリクスの引いた線によって途中まで消された。

アリシアは思わず目を見開く。紙の上に残ったのは、アリシアの綴(つづ)った懇願のうち、ほんの短い文章だけだ。

『この作戦を了承して』

（……この文章だと、あの賊に嘘を聞かせるだけじゃなくて。本当にフェリクスに、軍を動かすことをねだる意味に……）

フェリクスはその灰色の瞳で、正面からアリシアに問い掛けた。

「『この願い』に頷(うなず)いてやることで、俺に何を差し出す？」

「！」

アリシアはきゅっとくちびるを結ぶ。

そのあとに、フェリクスからペンを取り返す。そして、筆談の音が決して扉の向こうに聞こえないよう注意しつつも書き殴った。

『条件、パレードをする演技。実際にシェルハラード国まで、小隊でもいいから軍勢を率いてもらうこと。その代わり、作戦開始後は私を見捨ててくれて構わない。報酬として――』

曖昧な言い回しで約束はしない。

アリシアが彼に望む沢山のことのうち、なんとか実現しそうな最低限のものを記してから、フェリクスに告げる。

「あなたの望む未来を、なんでもひとつだけ見てあげる」

「………………」

正直なところ、賭けだった。

フェリクスの見たがる未来によっては、先ほどのような推測による誤魔化しではなく、本当に未来視を行う必要がある。

そうなれば、アリシアが未来視を使える回数は残り一回だ。

その上、実際に未来視するところをフェリクスに確認されてしまっては、実際は未来など見ていないときとの差によって怪しまれるかもしれない。

けれど、手段を選んでいられない。

「私がフェリクスに差し出せるものなんて、この力ひとつだけだもの。あなたのために、この血を使う」

覚悟は出来ていた。アリシアは懇願に少しの祈りを込めて、こう重ねる。

「……それが、どんなに痛くてもいいわ」

「…………」

フェリクスはやがて目を伏せ、あまり感情の読めない淡白な声で言った。

「……一考の余地はある」

「！」

その返事に、アリシアは目を輝かせる。

「本当!?」

「余地はあるというだけだ。約束してやる訳ではない」

「考えてもらえるだけでも十分だわ。あと何回か押せば、説得しきれる可能性はあるということだもの」

それに、と後ろの気配を窺った。

扉の向こうのザカリーは、この計画を耳にしているはずだ。今のやりとりだけで、アリシアが彼に渡したい情報は刷り込めているだろう。

「……昼食の時間だったわね。私も一緒に食堂へ行っていい？」

「好きにしろ」

フェリクスは立ち上がり、さっさと部屋を出て行った。アリシアは、ザカリーを閉じ込めている部屋の扉を改めて見遣る。

「……」

その上で、フェリクスの後について廊下に出た。

するとフェリクスが、アリシアにしか聞こえない程度の声で尋ねてくる。

「お前がひとりきりで乗り込んだところで、玉座に着くまでに殺されて終わりだろう」

はっきりと聞き取れるのに、決して遠くまでは響かないような声量だ。フェリクスは恐らく、こうした密談に慣れていた。

「お前の国の王城も、王を守る要塞としての役割を持っているはずだ。国王はパレードの際、最難関となる玉座の間に閉じ籠もるぞ」

「そうね。玉座の間は奥まった場所にあって、滅多なことでは攻め入れない……」

アリシアはフェリクスを見上げ、にこりと笑う。

「叔父さまはきっとそう考えるわ。だからこそ、私ひとりでも討てるのよ」

「――隠し通路か」

アリシアが言わんとしていることを、フェリクスはやはり見抜いてしまった。

「そう。玉座の間が落とされた際、王が逃げ出すための通路が存在するの」

長い廊下はまだ終わらず、食堂に向かうための階段は遠い。アリシアは辺りに人の気配がないことを探りつつも、彼に告げる。

「叔父さまはその存在を知らないわ。だからこそ、油断しきっているところの首を狙える」

「国王すら認識していない抜け道を、都合良くお前だけが把握していると」

「当然でしょう?」

アリシアは、生きていた頃の両親がこっそり教えてくれた日のことを思い出しながら目を眇めた。

「私だけが、あの国の正統な王女なのだもの」

「……は」

それを聞いて、フェリクスが笑う。

「本当に玉座を奪還したあとはどうするつもりだ。お前が俺を捨てて、国に返り咲くのか」

「ふふ、未来視の結果によっては有り得るかもね? 国のための最善の方法は、そのときに未来を見て決めるわ」

冗談か本気か分からないよう、敢えて軽口を叩いておいた。とはいえ叔父を排したあとは、それこそが次の問題だとは理解している。

(……いまはフェリクスの妃であることを、最大限に利用しようと試行錯誤しているけれど。いざ私が玉座を取り戻したあとは、『レウリア国王太子妃』という立場が却(かえ)って枷となる……)

アリシアがよほど上手くやらない限り、故国はレウリア国の属国となるだけだ。

考えている策はあるものの、フェリクスが味方になってくれる保証はない。

(なんなら敵になる可能性が高いわね。今ですらこの人、私が何かお願いしたときの第一声は、基本的には却下で返ってくるし……)

「なんだその顔は」

「いいえ別に、なーんにも」

アリシアが母譲りの顔でにこっと笑えば、とびきり美しく見えるのは知っている。しかし当然ながらフェリクスは、そんな顔で誤魔化されてくれそうもなかった。

それどころか、特に興味もなさそうだ。

ようやく辿り着いた階段を下りていると、バターとパンの良い香りが漂ってくる。

「あの賊……ザカリーにも食事を用意してあげないと。騎士に頼めるかしら？」

「餌ならお前が出してやればいい。飼うのだろう」

「あれは演技よ、本気でそういう飾りの男が欲しいわけじゃないの！　あの男を煽って憎ませれば、何がなんでもティーナのところに情報を持ち帰る意思が強くなるでしょう」

フェリクスは恐らく、アリシアのそんな意図くらい分かっている。けれども淑女の名誉を守るため、愛人目的ではないことだけは主張しておきたい。

「ザカリーにやさしくする気はないから、食事も別の人に出してもらうべきだわ。……いまの私には、敵が多い方が、都合が良い」

アリシアの手に巻いた包帯からは、血が滲んでいる。

先ほどザカリーの前で斬ったのは、未来視の力を使ったと見せ掛けるためだ。

しかし、『未来を見るにあたっては、誰かに殺されかける必要がある』という条件は、嘘や偽りなどではない。

「……未来視は、誰かに死を願われないと使えない力だもの……」

それくらい、幼い頃から慣れていた。

叔父も王妃も、そうしてティーナも、アリシアが死んだ方が都合が良かったのだ。本当に殺されることはなかったとしても、その想(おも)いはずっと感じ続けていた。

「――そう心配しなくとも」

「？」

フェリクスがこちらを見詰めたのが分かり、アリシアは顔を上げて首を傾げる。

いつ見ても、フェリクスの顔立ちは極上の造りをしていた。長い睫毛に縁取られた灰色の双眸が、緩やかな瞬(まばた)きをする。

「必要なときは、俺がお前を殺してやる」

「……」

「だから、安心しろ」

淡々と無表情でそう言ったフェリクスが、立ち止まったアリシアを残して歩を進めた。

「お前の死を願う人間を増やすための努力など、無駄なだけだ」

「……な……」

アリシアはふたつ瞬きをしたあと、告げられた言葉を反芻(はんすう)する。

その上で、確信した。

「……いまの言葉、何処にも安心する要素は無いのだけれど!?」

「ああ。そうだな」

「すっごく楽しそうに笑ってるわね……！」

アリシアは抗議の想いを示すため、階段を下りたフェリクスの背中をぐいぐいと押した。だが、心の中で考える。

（……いまのって、『作りたくもない敵を作らなくていい』という意味だった……？）

フェリクスはアリシアに押されて歩きながらも、涼しい顔をしてこちらを振り返った。

「それで？　あの男はいつ逃すつもりだ」

「出来れば少し連れ回したいわ。情報を叔父さまの下に持ち帰ったザカリーが、口封じのために殺されてしまう可能性もあるもの」

ティーナがアリシアの殺害を命じた事実は、王室にとって都合が悪いものだ。叔父やティーナはザカリーから情報を聞き出したあと、彼の命を容易く奪うだろう。

その危険がある状態で、ザカリーを帰すつもりはない。

（ザカリーの家族を悲しませたくはないわ。小さい頃は、あの村でのやさしさにとても助けられた）

だからこそアリシアは、ザカリーを侮辱する形になろうとも、あの男をしばらくは傍に置く。

「私のお気に入りの男だと思われれば、叔父さまたちもザカリーを利用しようと考えるはず。たとえばもう一度私の命を狙わせたりして、すぐに死なせないようにすると思うの」

「ほう、言い切るではないか。未来でも見たのか」

「叔父さまの愚かさについては、わざわざ血を流さなくては得られない情報でもないわ。その代わり、はっきり見ている未来もあるわよ」

フェリクスの背中からひょこっと顔を出し、彼を見上げる。そしてアリシアは、彼に挑むように笑った。

「近々ティーナから接触があるわ。一見すると友好的に思える類の、ね」

「……」

（なあんて、これを未来視したのは嘘だけれど。……あの子の性格を考えれば、手に取るように行動が想像出来る）

いまのティーナが置かれた状況は、殺したかった姉が生き延び、嫁ぎたかった男と結婚したというものだ。計画は全て失敗し、ティーナの手駒も捕らえられている。

さぞかし怒り、焦っているだろう。

そしてティーナはこんなとき、人目を強く意識した行動を取るはずだ。

（私が慈善活動で関わった村の人が、叔父さまによる箝口令（かんこうれい）に背いて、ティーナではなく私に恩を感じていると口を滑らせたときもそうだったわ。ティーナはわざと傷を作って、私が暴力を振るったことを疑わせる振る舞いをした。世間の同情は一気にティーナに流れたわね）

そんな日々を重ねたお陰で、アリシアには準備が出来ている。

「きっとじきに、ティーナからの連絡が届くわ。表向きは私たちの結婚を祝うふりをして……」

「フェリクス殿下」

ちょうど廊下の向こうから姿を見せたのは、眼鏡を掛けたフェリクスの侍従だ。

彼は、フェリクスの背中をぐいぐい押しながら歩いていたアリシアをぎょっとしたように見た。

「し、失礼いたしました。フェリクス殿下がその、随分と楽しそうになさっ……」

「……………」

「いえ。撤回いたします、殿下」

侍従はその動揺を押し殺すように、咳払い（せきばらい）をした。

「……早馬によるお手紙が届きましたので、お持ちした次第です」

「手紙？」

「はい。アリシアさまの妹君、ティーナさまからおふたりの結婚を祝福なさるもののご様子」

（……いくらなんでも、こんなにすぐに届くとは流石（さすが）に思っていなかったわ……！）

フェリクスがこちらを一瞥（いちべつ）するので、アリシアは再び取り繕ってにこっと笑う。侍従はペーパーナイフで封を切ると、その封書をフェリクスに差し出した。

こういった手紙をアリシアではなく、フェリクスの方に送るのもティーナのやり方だ。誰に自分をどう見せたいかが明白なので、分かりやすいとも言える。

「どうしたの？　フェリクス」

手紙を読み始めたフェリクスが眉根を寄せたので、アリシアは尋ねた。

「きっとティーナの手紙には長々と、婚礼を祝う社交辞令が並んでいるはずだけれど」

「まさしく長々と、婚礼を祝う社交辞令が並べ立てられている。捨てるぞ」

「まだ待って！　間違いなく後半に、あの子にとっての仕上げの内容が……」

そう言ってフェリクスから取り上げた手紙には、やはりこんな文章が綴られていた。

『ささやかですが、お姉さまへの贈り物をご用意いたしました。このお手紙から五日ほど遅れて国境を越えるはずです。大好きなお姉さまと、私のお義兄さまになって下さったフェリクス殿下に、どうか喜んでいただけますように』

「……ちょうどいいわね」

アリシアはくちびるに笑みを浮かべ、作戦を立てる。

「贈り物を届けてくれる馬車を出迎えに、私が国境まで行くわ。ザカリーも連れて行って、そこでさり気なく逃がしましょう」

アリシアがひとりで外出し、故国の国境に近い場所でザカリーの拘束を緩めるのだ。

ザカリーはアリシアを殺すことを堪え、ティーナの不利益にならないように、ひたすら国境へと走るだろう。そうしてアリシアが植え付けた偽の情報を、あの王城に持ち帰ってくれればいい。

「言っておくが、俺は行かんぞ」

「分かってるわよ。私が失敗して殺されても、あなたにとってはどうでもいいっていうこともね」

アリシアはくちびるを尖らせつつ、もう一度手紙を確かめた。

「贈り物を持ってくる遣いが、シオドアであれば良いのに……」

「……お前の国の、騎士隊長のひとりか」

「あら。さすがにシオドアの名前は、他国にも知れているの？」

アリシアは少々意外に思いつつも、故国で重要な位置に立つ男のことを思い浮かべる。

「シオドアを味方に付けられれば、私の勝率は跳ね上がるわ。――反対に、敵に回られると、本当に困る……」

＊＊＊

シェルハラード国の王城で、その男は国王の傍に立っていた。

「恐れながら申し上げます、陛下」

軍服に身を包んだ長身の彼は、主君に頭を下げて淡々と語る。

「アリシアさまが無事に輿入れなさったことで、フェリクス殿下がこの国にお越しになる可能性が出て参りました。つきましては我が国におきましても、早急にお迎えの準備をせねばなりません」

玉座に座った国王は、それを聞いて忌々しそうに鼻を鳴らした。

「婚礼訪問か。我々を馬鹿にしている無礼者の国が、そのような礼を尽くすとは思えんが」

「この度の同盟が成立したのも、すべて陛下のご手腕によるものです。フェリクス殿下もそれに敬意を表し、花嫁の父君であらせられる陛下にご挨拶にいらっしゃるのでは？」

「若造がそのような殊勝な態度を見せるのであれば、少しは見直してやってもよいがな。そのようなことよりも……」

国王は目を眇めて笑いながら、自身の臣下にこう命じる。

「我が望みを叶える妙案が、他にもあるのだろう？　――シオドア」

「…………」

＊＊＊

ティーナからの贈り物が到着する日、フェリクスは宣言通り、それを受け取りに行く道行きに同行することはなかった。

アリシアが眠い目を擦りながら彼の寝台から出るときも、フェリクスは目を覚ます気配さえない。下手をすればアリシアがザカリーに殺される可能性もあるのだが、そんなことは気に留めていないのだろう。

（寝顔も本当に綺麗な人ね。腹立たしいほどに）

アリシアは少しくちびるを尖らせると、フェリクスの頭まで上掛けを掛けてやる。フェリクスはそんな悪戯を煩わしそうに手で避けて、眉根を寄せつつ身じろいだ。

カーテンを閉め切った室内は薄暗い。ほんの僅かに差し込む光と共に、雨の音が入り込んでいる。

今日は生憎の雨なのだ。

雨音とフェリクスの静かな寝息が聞こえる室内は、無音よりも静寂に近い感覚があった。アリシアはフェリクスの傍に手を突くと、身を屈め、横髪を耳に掛けながらそっと囁く。

「……『行ってきます』」

「…………」

もちろん返事はないのだが、アリシアはとても満足した気持ちになった。

「ふふ。……行ってきます、ですって。くすぐったい……」

父と母が亡くなってから、誰かにこんな挨拶をしたことはない。少し不思議な感覚のまま、寝室と続きになっている書斎で着替えようとする。

すると、眠そうに掠れた声が聞こえてきた。

「……騎士を数人、貸してやる」

「！」

驚いて寝台を振り返ると、フェリクスは気怠げに寝返りを打ってこう続けるのだ。

「さっさと行け」

「あ、ありがとう……」

フェリクスがすぐに目を閉じたので、アリシアは急いで着替えるために部屋を移動する。

「――……」

フェリクスが身を起こし、アリシアに何も悟らせないまま、その寝室を後にしたことなど気が付ける訳もない。

こうしてアリシアはザカリーと、護衛となる数人の騎士を伴って出発したのである。

＊＊＊

ザカリーはその日、アリシアに伴われて馬車に乗り、国境まで向かっていた。

（この女。本当に俺を飾りとして、連れ回すつもりか？）

ザカリーが囚(とら)われてから今日までの数日間、アリシアはことあるごとにザカリーを傍に置いている。こちらがアリシアを睨み付け、何も喋らなくとも、一切構う様子はない。

（ティーナさまからの贈り物を受け取りに、わざわざ国境まで出向いているらしいが……）

この馬車は、三人掛けの座席が向かい合った六人乗りだ。

アリシアはそのうちの片側に、ひとりで優雅に座っている。

ザカリーはその向かいに腰を下ろし、左右には騎士が座っていた。他にも数人の騎士がつけられているが、彼らは馬車の外を並進する形で騎馬に乗っている。

大粒の雨が窓硝子(まどガラス)を叩き、馬車の中には雨音が響いた。外の景色を見ているアリシアは、今通っている道が、自分の花嫁道中とは違う道行きであることに気が付いただろう。

（ティーナさまのご命令により、俺たちはあの森でアリシアを待ち構えた。御者も侍女も同志だったからこそ、馬車は敢えて迂回路(うかいろ)となる森を通った訳だが……）

シェルハラード国とこのレウリア国の王都を繋(つな)ぐ最短は、いま進んでいる山道だ。

真摯に外を観察しているアリシアは、まるでこの国の地理を頭に叩き込んでいるかのように、何かに集中している様子だった。

（王女アリシアは、公務をこなすために必要な勉学には興味を示さず、日々城を抜け出して城下を遊び歩いているとの噂だった。……しかし）

ザカリーの中では、小さな違和感がどんどん膨れ上がっている。

『私たちの身辺警護のためと偽って、少数精鋭の騎士たちをシェルハラード国に連れてゆくの。王都や城を守る防御の内側に、軍勢を潜り込ませる。これが出来たら、戦争は勝ったも同然のはず』

彼女のあの物言いは、本当に幼少期から何も学ぼうとせず、自由奔放に遊び歩いていた王女のものだろうか。

（俺とてこれでも傭兵だ。故郷の村を守るための自警団から、腕を見込まれて国外に招かれた。それなりに軍略を齧ってきた中で、アリシアが的外れだとは思えん）

ザカリーがアリシアを一瞥すると、彼女は雨の降る空を見上げ、ぽつりと呟いた。

「あの雲の色。フェリクスの瞳の色みたい」

「……」

その瞬間、ザカリーの左右に座る騎士たちが、戸惑いの色を浮かべたのが分かる。

「なにか？」

「い、いえ。何もございません、アリシア妃殿下」

騎士たちは慌てて首を横に振るものの、ザカリーには騎士たちの言いたいことが察せられる。そのうちアリシアの視線に耐えかねたのか、ひとりが観念したように口を開いた。

「妃殿下は、その……恐ろしく感じてはいらっしゃらないのですか？」

やはり、その手のことが気に掛かったようだ。

ザカリーから見ても、あのフェリクスという王太子は只者ではない。

単純に戦場慣れしているというだけでなく、誰かを殺すことに躊躇（ちゅうちょ）がない、まさしく残虐な男だった。ザカリーの仲間もフェリクスに拷問され、耐えかねてティーナの名前を漏らしてしまったほどだ。

けれどもアリシアは、きょとんと瞬きをして首を傾げる。

「恐ろしい、とは？」

「……!?　あ、アリシア妃殿下はフェリクス殿下と、非常に仲睦（なかむつ）まじくお過ごしのようですが」

狼狽（うろた）えて言う騎士に対し、アリシアはきっぱりとこう答えた。

「別に、仲睦まじくなんかないわ」

「へ」

むうっと口を尖らせたアリシアは、窓の外を再び見遣る。

「夜は私がまだ起きているのに、すぐに寝室のランプを消してしまうし。一緒に寝ると毎晩必ず寝台が狭いと文句を言われるし、上掛けも貸してくれないのよ」

「………」

「もっとも私の寝相の方が勝っているらしくて、朝起きたら私が奪っているのだけれど。食堂に下りるときも、私がフェリクスの後ろを付いて歩いていたら、意地悪して急に立ち止まるの」

「…………」

「私があの人の背中に鼻をぶつけたら、ものすごく楽しそうに笑っていたし」

（それは、十分に仲が良いというのではないのか？）

ザカリーは内心そう考えたが、騎士たちも同じ意見だったようだ。

とはいえ、そんなことはどうでもいい。そう考えていると、ゆっくりと馬車が止まった。

「この先は、隧道(トンネル)になっているのね」

アリシアが窓を覗き込んだので、ザカリーも少し顔を上げて確認する。

馬車道を遮っている岩肌は、その側面を貫くように大きくくり抜かれていた。

この隧道(ずいどう)こそが、国境までの道のりを短縮出来ている要因だ。ザカリーも傭兵としてこのレウリア国に滞在している間、何度もこの隧道を使用した。

「ここでは外の騎士が松明(たいまつ)に火を着け、先行して御者を誘導します。なにぶん隧道の中は、夜のような暗闇ですので」

(……?)

説明をする騎士の横で、ザカリーは再びアリシアの様子に違和感を覚えた。

アリシアは何かを観察するように、じっと隧道を見詰めている。かと思えばいきなり扉に手を伸ばすと、馬車の外へと出てしまった。

「アリシア妃殿下!?」

(あの女、何を……)

大雨の中、駆け出した背中を見て息を呑(の)む。翻るドレスの裾が泥に汚れ、彼女はすぐにずぶ濡(ぬ)れになるが、それを気に留めている様子はない。

「――追わないのか」

ザカリーは左右の騎士たちに尋ねた。彼らも分かってはいたようで、ザカリーの手枷の鎖を摑む。

「く……お前も来い。逃げようなどと考えるなよ」

(悪いが、今はそれどころではない)

アリシアが一体何をしようとしているのか、それを理解する必要があるのだ。

そんな感覚が、どうしても拭えなかった。

(何故だ？　俺はどうしてこんなにも、アリシアの行動が気に掛かる……？)

ザカリーは、騎士によって手枷の鎖を引かれながら馬車を降りる。

傭兵であるザカリーすら顔を顰めたくなる雨の中、並進していた騎士を連れたアリシアは、隧道の入り口で何か見上げていた。

彼女の足元では、隧道の中から泥水が流れ出ている。美しい靴を汚しているが、アリシアはそれを一瞥すらしない。

(噂では、民の納めた税で私腹を肥やし、自身の宝飾品やドレスを買い漁るのに夢中になっていたはずだ。ティーナさまもアリシアの浪費癖には心を痛め、涙を零されていた……だが)

「アリシア妃殿下！　このままではお風邪を召されます。隧道にご興味がおありなのでしたら、天候の良い日に……」

「この隧道――」

騎士の言葉を遮るように、アリシアが呟いた。

「もうすぐ潰れて、壊れるわ」

「!?」

ザカリーたちは目を見開く。アリシアはまず己の足元を見下ろして、隧道から溢れ出す泥水を指差した。

「隧道内から、こんなにも大量の雨水が溢れ出しているの。隧道内の壁や天井に、大きな亀裂がいくつも入っている」

「しかしアリシア妃殿下、ご存じの通り、今朝からこの雨です。岩壁から水が染み出すくらい、おかしなことではないのでは……」

騎士の問い掛けを、アリシアが明確に否定する。

「岩は水を通さない。水が漏れてくるのは、ひび割れや穴があるときだけよ」

「そ、それは確かに……」

「少々の水であれば、岩盤が折り重なっている間から滲んでくることもあるかもしれないわね。けれどこれだけの量が隧道内から流れ出ていて、しかもこんなに泥だらけの濁った水……」

アリシアが身を屈め、泥濘から小石を拾う。かと思えば彼女は、それを躊躇せず隧道の中に投げた。

「ゼレコウモリにとって、こんな隧道は絶好の雨宿り先のはず。それなのに石を投げても羽音や鳴き声がしないのは、ここが危険だと察知して避けているから……」

（……この女……）

「代わりに、いくつも小石が落ちる音がするでしょう？　確実に隧道内の石壁が軋んで、少しずつ崩落しようとしている気がするの」

アリシアの言葉に、騎士たちは慌てて耳横へと手を当てた。それから互いに顔を見合わせる。

「聞こえるか？」

「雨音が邪魔で……しかし耳を澄ませてみると、聞こえるような……？」

ザカリーは嘆息し、事実をそのまま口にした。

「確かに、俺にも聞こえる」

「！」

アリシアがその目を丸くする。ザカリーが賛同したことが、心の底から意外だったらしい。

（未来視の力を持っているということを、一部の人間にしか明かしていないのか。本当はアリシアには崩落の未来が見えていて、しかし未来視したことは悟られないように、現実的な根拠だけを並べ立てているとすれば……）

ザカリーはアリシアを睨むように見返して、その真意を探った。

朝焼け色の髪から雨の雫を滴らせるアリシアは、すぐにザカリーから視線を外し、騎士たちを見回す。

「私の判断など信用できないかもしれないけれど、どうか信じていただけないかしら」

「……承知しました、アリシア妃殿下。少々大回りになりますが、馬車は隧道を利用せず、安全な道を進ませていただきます。この場には騎士二名が残って通行人がないよう見張り、別の一名が王城まで戻って崩落の可能性に関する報告を……」

「いいえ」

アリシアはきっぱりと否定すると、馬車の方へと歩き始めた。

「それよりも、いま封鎖してしまえばいいのよ。私の用事なんて、後回し」

「あ、アリシア妃殿下!? 何を……」

「馬車に何かあったとき引っ張るための縄、積んであるでしょう？ 少し借りるわね。誰が見ても通行禁止だと分かるように、まずは隧道のこちら側に縄を張らないと」

そう言って、当たり前のような顔をして荷台を開けようとする。騎士たちは慌てふためき、アリシアの方に駆け寄った。

「妃殿下！ こちらは荒縄です、触れてはお手が傷付くかと！ そのような作業は我々にお任せください！」

「いいえ。私の言うことを信じていただけただけで十分よ」

荒縄の束は重く、繊維の切れ端が針のように突き出している。手袋を着けた騎士とは違い、アリシアは素手だ。

「勝手に隧道なんて封鎖して、お咎めがあるかもしれないわ。あなたたちを巻き込めない、そこで見ていて」

「アリシア妃殿下！」

縄を抱えようとした彼女の指先に血が滲むのを、その場の全員が目にしたはずだ。

それを見たひとりが改めて背筋を正し、アリシアから荒縄を引き取った。

「フェリクス殿下より、ご命令を賜っております」

「あの人から？」

騎士は頷き、こう告げた。

「アリシア妃殿下が、なんらかの未来のために行動なさるとき。――フェリクス殿下がその責を負ってくださるゆえ、我々は妃殿下に従うようにと」

「――――！」

その言葉に、アリシアが目を丸くした。

「……フェリクス」

夫である男の名を呟いて、アリシアは俯く。

「……ひとまず封鎖を急ぎましょう！　隧道の向こう側にも回って、同じように縄を張らないと」

そこからもアリシアは雨の中、まるで自分もひとりの騎士であるかのように動き回った。

「自生している木々を利用して縄を張るには、長さが少し足りないわ。隧道の前に杭を立てて、それを縄で繋ぎましょう」

そう言って山で枝を拾ってくるのも、それを地面に突き立てるのも。石を槌代わりにして打ち付けるのも、アリシアは全ての作業をこなす。

その様子は、騎士たちよりも手慣れているほどだ。

両手に枷を付けられたザカリーは、作業に加われと命じられることはない。だからこそ、アリシアの様子をしっかりと観察出来る。

（王室の慈善活動のひとつに、危険区域の封鎖があったはずだ。……まさか……）

雨に打たれて冷えているのか、動き回るアリシアの肩は震えていた。指先は傷だらけで、ドレスの美しさなど見る影もない。

（あの赤色が滲む手は、ティーナさまの穢れを知らないと思えるほど真っ白な指先とは、まるで違う）

それでも作業が進むにつれ、それまでの切羽詰まったような切実な表情が消えてゆく。

騎士に礼を言い、柵の強度を確かめたアリシアは、安堵と喜びの笑みを浮かべるのだ。

「あと少しで完成だわ。これで、ここを通る人が危険な目に遭う可能性も減って……」

そのときだった。

「アリシア妃殿下!!」

「！」

隧道の上部から剝がれ落ちた石の塊が、彼女の方に転がり落ちる。

アリシアが振り返ろうとしたときには、石はその頭上に投げ出されていた。騎士が咄嗟に守ろうとするも、彼らのいる場所からは間に合わない。

（あの石がアリシアに直撃すれば、ティーナさまのご命令を果たせる……）

アリシアが目を瞑り、咄嗟に頭を手で防御した。次の瞬間に彼女が驚いたのは、予想していた衝撃が来なかったからだろう。

「ザカリー……？」

「………っ」

アリシアを抱え込んだザカリーの背に、鈍い衝撃が走った。

頭に当たれば致命傷となりえる石も、上手く受け身を取った上で、背中ならば大怪我を免れることが出来る。ゆっくりと息を吐いたザカリーに、アリシアが慌てて問い掛けた。

「大丈夫!? 肋骨や背骨は……」

「……折れていない。早く柵を作り終えて、この場所から離れるべきだ」

騎士たちが急いでザカリーを、アリシアの傍から引き離す。アリシアは心配そうに眉根を寄せ、ザカリーに尋ねた。

「ありがとう、ザカリー。……だけど、どうして私を助けたの？」

（そんなものは、俺自身が聞きたいさ）

放っておけば、アリシアは死んでいたかもしれない。

そうなればティーナの命令を果たしながら、『ティーナの差し向けた賊によって殺された』という悪評も、広がらずに済むはずだったのだ。

（……いいや。俺は一刻も早く、認めるべきなのだろう）

「……あ！　見て、雨が止んで……」

　先ほどまでの土砂降りが嘘のように、急激に晴れ間が広がり始めた。

　空を見上げたアリシアの下に、透き通った陽射しが降り注ぐ。彼女の髪やドレスから伝う雫が、陽光を受けて宝石のように輝いた。

「――よかった」

　そしてアリシアは、あふれんばかりの笑みを浮かべる。

「これで残りの柵作りが、少しでも早く終わるかもしれないわね！　短縮した時間を利用して、近隣の村に通行止めの報せも出来るわ」

「…………」

　どうやらアリシアは空いた時間を、自身の休息に使うつもりはないようだ。騎士たちは互いに顔を見合わせたあと、背筋を正してこう返した。

「……はい！　アリシア妃殿下！」

　もはや騎士たちには、先ほどまでの戸惑いもない。ザカリーは、すぐさま作業を再開するアリシアの後ろ姿を見据えて目を眇める。

（『アリシア』の本性は。……俺が本当に、従うべきは、ティーナさまではなく……）

四章

「――ということで。以上が隧道封鎖の顛末よ、フェリクス」

夜の湯浴みを済ませたアリシアは、閨着に身を包み、長椅子に寝転がりながら報告をした。

「あなたが騎士に、私に従うよう命令しておいてくれてとても助かったわ。お陰で封鎖も早く終わって、私たちがいる間に隧道が崩れることはなかったもの」

「……おい」

「あと数日くらいは保ちそうでも、もはや時間の問題ね。近隣の村の人たちにはこの件を伝えて、みんな迂回路を使ってくれることになったとはいえ……」

「おい」

フェリクスの不機嫌そうな声が聞こえてくるのは、アリシアの真上からだ。

横向きに長椅子へと寝そべっているアリシアは、不思議に思って顔を上げる。すると本を開いていたフェリクスが、冷たい目をこちらに注ぎながら言い放った。

「お前は何故、俺の膝を枕にしている？」

「え？」

アリシアはころんと寝返りを打ち、横向きから仰向けになる。長椅子から落ちないように体の向きを変えるのは、我ながら器用だという自負があった。

「だって夫婦って、私的な時間はこうやってくっ付いているものでしょう？」

フェリクスの膝に頭を乗せたまま首を傾げると、彼はますます眉を顰める。

「あなたの妃の座を利用する身として、しっかり夫婦らしいことはしておかないと。私のお父さまとお母さまも、生前ずっとこんな感じだったし」

「お前の両親は恋愛結婚か？」

「まさか。国王夫妻よ？　私たちと同じ政略結婚に決まっているじゃない」

「…………」

信じられないものを見るような目を向けられたが、アリシアは再び横向きの、フェリクスに背を向ける形へと寝返りを打つ。

「それにしても、少しお風呂でのぼせたかしら。体の熱がなかなか抜けないわね……」

「冷やせばいいだろう。床で」

「断固ここから退かないわ！」

「ちっ」

ひしっとフェリクスの膝にしがみつき、舌打ちは聞かないふりをした。

とはいえひとまず、フェリクスへの報告はこんなところだろう。そう考えていたところに、思わぬ問い掛けがある。

「結局あの賊は、逃さなかったのか」

（……驚いたわね。フェリクスが私のやろうとしていることに、わざわざ質問をするほどの関心が

あるなんて）

だが、アリシアもそこは疑問に感じている点だった。

「それが、何度も隙は作ってみたんだけれど……」

隧道の前で柵を作っているときも、アリシアはわざとザカリーが逃亡出来るようにしていた。

それなのにザカリーは逃げ出すどころか、アリシアの行動を黙って観察し始めたのだ。

「まったく逃げないから、結局ティーナのために、私を殺す気なのかもしれないと判断したわ。それなのに、むしろ落石から助けられてしまって……」

「……あの賊が、お前を？」

「そう！　すごくびっくりしたの」

そして一息ついたとき、ドレスの裾を絞っているアリシアに対し、ザカリーはこんなことを確かめてきた。

『未来が見えることは、騎士たちには伏せているのか？』

それを聞いてアリシアは、自身の誤魔化しが成功したことを悟ったのである。

（安心したわ。ザカリーにはちゃんと、『私が未来視の力を隠すために、現実的な根拠を並べて騎士を説得した』ように見えたようね）

本当は未来視ではなく、現実的な根拠だけで、隧道崩落を予想したに過ぎないのだ。

（自然災害への対応は、被害が起きてからの対処以上に、被害が起きないようにするのが王族の務め）

アリシアは幼い頃から、災害にまつわる書物をたくさん読み込んでいる。未来視の力を使わなくとも、今回は十分に予測できた。

しかしザカリーの前では、あくまで未来視の力であるように振る舞っておく。

『そうよ。……あらかじめ言っておくけれど、あなたが私への嫌がらせに公表しようとしたところで、世間には信じてもらえるはずもないわ』

未来視の力など、殆どの人が迷信だと思っているお伽話だ。

だからこそアリシアは、フェリクスやザカリーに信じさせるため、流血という派手な演出をしているとも言える。

(未来視の力について知られることは、非常に危ういわ。民心を掌握できるという見方もある一方で、大災害や大事件が起きたときに、どうして事前に防げなかったのかという怒りが噴出する)

無限に未来が見られるのであれば、民のために『正しい』力の使い方をしてあげられたかもしれない。

けれども実際は残り二回を、アリシアは自身の目的のために使おうとしている。

(未来を見るという奇跡のような力を、玉座の奪還という私欲に投じるんだもの。……これは、私の罪)

自分が悪であることを、アリシアはもちろん自覚していた。

悪ならば、それに相応しい振る舞いを心掛けなければならない。

アリシアが持つ未来視の力を、誰かが無闇に希望として、その心に抱いてしまわないように。

『この力を広く知られると、未来を見るために力を使えと強制されるでしょう?』

『……』

『私、そんなのは絶対に御免なの』

ザカリーはその鋭い双眸で、静かにアリシアを見据えている。

(『ティーナさまなら、民のため犠牲になったとしても、何度でも未来を見るはずだ』……とでも言いたいのかもしれないわね)

フェリクスの膝を枕にし、そのときのことを思い出していると、なんだかひどく体が重い。

その気怠さを自覚してしまうと、一気に嫌な感覚が湧き上がってきた。

「……ともあれ、ザカリーを逃す場所は、もう一度考えるわ……」

雨の中で動き回り、さすがに疲れが溜まったのだろうか。

湯浴みのときからの体の熱も、未だに冷めていないのだ。アリシアは顔を顰めつつ、言葉を絞り出した。

「隧道の様子を見に行くという口実で……もう一度、国境付近に、連れて行くと良いかもしれないわね。ティーナの贈り物の、『今後』もあるし……」

「今後?」

「……この件はまた、明日。ごめん、なさい……」

アリシアは目を瞑り、少しだけ背中を丸めた。

「なんだかとても、熱くて……」

「……お前」

フェリクスの手が、アリシアの首筋をなぞるように触れる。

それが冷たくて心地良く、無意識に頬を擦り寄せた。するとフェリクスは、深く溜め息をつくのである。

「体調不良を自覚できないほど疲弊しておいて、どの口が『明日』などと言っている？」

（……仕方ないじゃない。そうでもしなくちゃ、私は王族の務めを、果たせない……）

そうやって反論したかったのに、すぐさま思考が掻き乱される。誰かにふわりと抱き上げられた気がしたものの、目を開ける気力はない。

眠っているところを抱えて運ばれるのは、雲の上を揺蕩うような幸福だ。幼い頃に知ったその感覚を、アリシアはぼんやりと思い出した。

（おとうさま……？　おかあさま……いいえ、ちがう）

ふたりは既に亡くなった。

アリシアをこうして寝台に連れて行ってくれることは、もう二度とない。

（私のことを抱っこしてくれる人なんて、この世界の何処にもいないはずなのに……）

それでも幻を離したくなくて、その首筋にぎゅうっと腕を回す。

アリシアはそのまま、ゆっくりと意識を手放したのだった。

＊＊＊

このレウリア国における多くの騎士にとって、王太子フェリクスは畏敬の対象であり、同時に心から恐ろしい存在でもあった。

戦場において、フェリクスは異質な強さを放っている。

その無表情で冷淡な外見とは異なり、フェリクスの剣技は一撃が重い。血溜まりの中、顔色ひとつ変えることもないままに敵を殺し、時として亡骸の頭や腕などを敵陣に放ることもあった。

それによって陣形を崩し、挑発に乗って我を忘れた敵兵を相手取っては、やはり淡々と討ってゆく。

まるで作業をこなしているかのような無感動さの中、刃のように研ぎ澄まされた殺気だけが、フェリクスの周囲に纏わり付いているのだ。

戦場でのフェリクスは、その容姿の美しさも相俟って、生きた人間とは思えないほど禍々しい。

そして同じくらい、神秘的なものに見えた。

騎士の中には、敵と戦う恐怖ではなく、フェリクスの姿に怖気付いて剣を握れなくなった者もいるほどだ。

フェリクスは身近に決まった人間を置くことを嫌い、自身の近衛騎士を持たない。

そのこともあり、たとえ戦場を離れた王城であっても、騎士たちにとってフェリクスは畏怖すべき王太子なのだった。

「――フェリクス殿下！」

この夜、フェリクスへの伝令を任されたふたりの騎士は、緊張しながら執務室に向かっていた。

彼らは廊下でフェリクスの姿を見付け、最敬礼の形を取る。

「斯様(かよう)な時刻に申し訳ございません。至急のご報告があり、これよりお部屋にお伺いするところでした」

「……」

ランタンを手にしたフェリクスは、就寝前だったのだろう。ガウン状の夜着を纏っており、鎖骨からみぞおちまでが開いている。

騎士たちの姿を見たフェリクスは、その黒灰色(こっかいしょく)の目を眇(すが)めて言った。

「——ようやく間者を捕らえたか」

「！」

こちらからはまだ何も告げられていないのに、フェリクスは、すべてを見抜いているかのような声音で言った。

「……仰(おっしゃ)る通り。マリウスさまより、尋問終了後の処遇について、フェリクス殿下よりご指示を賜りたいと……」

「殺せ」

「！」

フェリクスは端的にそう言うと、再び寝室の方に歩き始める。騎士たちは、慌ててそれを引き止めた。

「お、恐れながらフェリクス殿下。この者は確かに王城使用人の立場を利用し、城内の見取り図を持ち出した罪人です。しかしそれ自体は、侍女ですら把握している内容……！」

「ただ一度、恐らくは他国に金を積まれた末の気の迷いに違いありません。あの者には、高額の薬を必要とする身内が」

「だからなんだ？」

「……っ!!」

フェリクスがゆっくり振り返ると、廊下の空気が一気に凍り付く。ランタンの火が揺らぎ、黒灰色の瞳を暗闇に浮かび上がらせた。

「城の見取り図ひとつで、玉座に座ったまま討たれる羽目になる王もいる」

「仰る、通りです」

びりびりと空気が痺れるかのような緊張感に、騎士たちのこめかみを脂汗が伝った。

フェリクスの決定に反論をし、自分たちこそ殺されてもおかしくないのだと自覚したのだ。フェリクスは興味を無くしたかのように目を眇め、再び歩き始める。

「これ以降、俺の部屋には近寄るな」

「は……っ！　王国の剣たる王太子殿下に、安寧の眠りが訪れますよう」

深く頭を下げた騎士たちは、フェリクスの足音が聞こえなくなったあと、ようやく顔を上げて呟いた。

「フェリクス殿下の仰る通りだ。国家を守るためには、間者など殺してしまう他にない」

「冷酷であらせられても、正しく高潔でいらっしゃるのだ。……それゆえに、恐ろしい」

「……だが。なあ、気の所為じゃなければ……」

騎士のひとりが奇妙な顔をして、フェリクスの背中が消えた廊下を見詰める。

「フェリクス殿下から、甘い桃の香りがしなかったか……？」

「…………」

＊＊＊

父が倒れた玉座の間で、小さなアリシアは泣いていた。

夥しい量の血が流れ、それは決して止まらない。大理石の上に血溜まりを作り、アリシアの靴すら汚している。

父の亡骸を抱き締めるのは、くちびるから血を零した母だった。

「ごめんなさい。おとうさま、おかあさま」

アリシアはぽろぽろと泣きじゃくり、もう動かない両親に手を伸ばす。

「お勉強も、いっぱいしたのに。剣の練習もして、強く、なったのに」

それでも幼い王女など、無力でしかなかったのだ。

「大好き、なのに」

アリシアを抱き締めてくれたふたりの手は、胸が苦しくなるほどに冷たかった。

「……私ではふたりを守れなくて、ごめんなさい……」

けれどもそのとき、誰かの温かな手が、アリシアの頬に触れる。

「……？」

涙を拭うかのような触れ方に、幼いアリシアはぱちぱちと瞬(まばた)きをした。

両親はもう、この世界に生きてはいない。だからもう、誰からも撫(な)でられることはない。

それなのに、誰がこんなにやさしくアリシアへと触れるのだろうか。

『……まったく』

この血溜まりとは違う場所から、低くて心地の良い声がした。

『つくづく毎夜、寝言がうるさい』

（……？）

これとまったく同じようなことを、何処かで誰かに言われた気がする。

そうして声と手の人物は、少しだけゆっくりとこう紡いだ。

『――お前を責める者は居ないのだから、もう泣くな』

＊＊＊

アリシアがゆっくりと目を開けたとき、自分が夢を見ながら泣いていたことを知った。

それがどんな夢だったのか、直前のことなのに思い出せない。とにかく体が熱くて重く、ぼんやりとして思考が回らないのだ。

再び目を閉じようとすると、低くて心地良い声がする。

「おい」

「ん……っ」

「目を開けろ。俺に果物を切るような手間まで掛けさせておいて、眠るんじゃない」

「…………」

涙でぼやける視界の中に、薄暗い闇の中にいても見失わない、とても美しいかんばせが見えた。

「……フェリクス……？」

無表情にこちらを見据える夫の名前を、掠れるほどに小さな声で呼ぶ。

「お前が夕食さえ摂っていれば、解熱薬だけ飲ませて放置できたものを」

「……？」

その言葉に、アリシアは発熱を自覚する。どうやらここはフェリクスの寝台で、そこに寝かされているようだ。

サイドテーブルへ置かれた器には、白くて甘そうな果物が、小さく切った状態で盛られている。

「……もも？」

どうしてこんなものが寝室にあるのか、まったく分からずにぼうっとした。

「さっさと胃に入れろ。薬を飲ませ終わったら、俺はお前を放って寝る」

「……もも……」

食べ物はあまり、必要としている感覚がない。

とはいえ喉は渇いていて、桃ならば食べられそうな気がした。アリシアはもそもそと体を起こし、金色のフォークへと手を伸ばす。

けれども手からフォークが滑り、音を立てて床に落ちてしまった。

「っ、ごめんなさい……」

寝台に手をつき、どうにかして拾おうとするアリシアに、フェリクスが溜め息をつく。

かと思えば、彼はアリシアの肩を摑むと、引き起こしてしっかりと抱き寄せた。これはフェリクス自身の体を、アリシアの背凭れにするような体勢だ。

更にフェリクスは、その綺麗な指で桃を摘む。

もう一方の手でアリシアの顎を摑み、くちびるを開かせてきた。そうして甘くて柔らかい桃が、口の中に押し込まれる。

「ん、む」

平時であれば驚いて、食べるどころではなかっただろう。

しかし、ぼんやりしたアリシアは、されるがまま素直に受け入れた。ゆっくりと顎を動かして、緩慢に飲み込む。

瑞々しくて甘い果肉は、アリシアの喉を潤した。

「……おいしい……」

「……」

ほとんど独り言のように呟くと、フェリクスが器からもう一欠片の桃を摘み上げた。

果汁で手が汚れてしまうはずだが、フェリクスにそれを厭う様子はない。結婚当日、血塗れのアリシアを『汚い』と引き剝がして、心底から嫌そうな顔をしていた男なのにだ。

はむ、はむ……とフェリクスの指ごと桃を食べたら、それを無言で叱るかのように舌を押さえられた。

もう桃をくれなくなるかと思いきや、フェリクスはアリシアがすべてを食べ終えるまで、辛抱強く口に運んでくれる。

そうしてアリシアに苦い粉薬を含ませ、水差しの水を手渡した。

アリシアが薬を飲み込むと、彼は器をサイドテーブルに戻して手を拭いたあと、アリシアに背を向けて寝台に横たわる。

「寝ろ」

「…………」

アリシアは、ひどく緩慢な瞬きをした。いまはフェリクスの言うことを聞くのが正しいのだと、回らない頭でそう考える。

寝台にたくさん並べられた枕のうち、ひとつはすっかりアリシア専用だ。ふわふわのそれに頭を乗せて、彼の背中に伝えた。

「……ありがとう、フェリクス……」

飲ませてもらった解熱薬が効くには、まだ時間が掛かるだろう。それでも甘い果実によって、若干の元気が戻ったのを感じる。

「発熱したままのお前を放置して、この寝室で死なれても困るというだけだ」

フェリクスは、淡々とした言葉で紡いだ。

アリシアは瞬きをし、ぼんやりとしながら重ねて問う。

「……でも、あなたの騎士、貸してくれた……」

「その方が利益になると判断した。事実、俺の見立ては正しかっただろう」

「ザカリーだって、私の自由に、させてくれるもの……」

「あとは殺して捨てるだけの捕虜を、誰がどう使おうとどうでもいい」

返ってくるのはどれも、至って素っ気ない内容だった。

「……やさしくない」

「はっ。お前が俺にやさしくされたいと？」

フェリクスはこちらに背を向けたまま、嘲笑交じりに言う。

その背中は広く、骨格や筋肉のラインが夜着越しに浮いていて、彫刻のように芸術的な造りをしていた。

「……いいえ」

フェリクスの背に身を擦り寄せると、背骨辺りに額を押し当てて目を閉じる。

アリシアは、誰かの体温が傍にあることへの安堵を、彼と眠るようになってから思い出していた。

だから熱のこもった指先で、フェリクスの夜着をきゅうっと握り込む。そうして、とても小さな声で告げるのだ。

「やさしくなくても、うれしかった」

「――――……」

なんとなく、フェリクスが眉根を寄せたような気がする。

「……お前」

「アリシアって、ちゃんと呼んで」

「…………」

「わたしは、あなたの言うとおり、フェリクスって呼んでいるもの……」

もちろん今更変えろと言われても、『殿下』に戻せる気はしない。そんな中でアリシアが駄々を捏(こ)ねたのは、どうしてか恋しかったからだ。

幼い頃に呼んでくれた両親は、もう居ない。いまのアリシアを呼び捨てるのは、アリシアに侮蔑や怒りを抱く者だけだ。

だから呼んでみてほしいのだと、そんなことは口にしなかった。けれどもやがてフェリクスは、大きな溜め息をつく。

寝返りを打ってこちらへ向かい合うと、黒灰色(こっかいしょく)の双眸でアリシアを見据えながら、低く穏やかな声でこう紡いだ。

「…………アリシア」

「…………！」

まるで一滴の雫のように、アリシアの左胸へと喜びが広がる。

名前を呼ばれた幸福に、アリシアは目を眇めた。

「フェリクス」

「……なんだ」

「フェリクス……」

高い熱で思考が茫洋とする中でも、もう一度夫のことを呼ぶ。

「……だから、なんだと聞いている……」

溜め息のあと、フェリクスが気怠げに手を伸ばした。

「いいからもう、眠れ」

フェリクスの指が、アリシアの首筋に触れる。肌の表面をなぞられるのがくすぐったく、一方で冷たくて心地良い。

「体温が高過ぎる。お前の熱が下がらないと、俺が寝苦しくて仕方ない」

「……フェリクスの、名前」

アリシアは苦言に返事はせず、フェリクスが纏う夜着の袖を摑んで引いた。

「どんな意味が、あるの？」

「……」

アリシアの国とこの国では、名付けの元となる古言語が異なる。同じ意味の名付けをしたとしても、ふたつの国では違う名前になるのだ。

そのためアリシアには、フェリクスという名の由来が想像できなかった。フェリクスからしてみれば、寝ない子供が駄々を捏ねているように見えたかもしれない。

「お前に寝る気がないのなら、こちらにも考えがあるが」

「……ねむるのが、怖いの」

小さな声でそう答えると、フェリクスが眉根を寄せる。

「見たくない夢を、見てしまいそう……」

「………」

毎夜見ている夢の記憶を、アリシアは目覚めると忘れてしまう。

左胸に深い悲しみが沁み込んだままの朝を、自分では平気なつもりでいた。けれども熱が出て辛い今は、そんな虚勢を張れる自信がない。

「いまあなたの名前を呼ぶと、少し、目を閉じる勇気が出るから。……名前に、特別な意味があるのかと、そう思って……」

「………」

フェリクスは目を閉じ、再び溜め息をつく。

アリシアがぼやぼやと霞む視界で見つめていると、彼はやがてぽつりと呟いた。

「――『幸福』」

「――……」

アリシアの脳裏に過ったのは、亡くなった母による最期の祈りだ。

『覚えていてね、アリシア。その体に流れる血、あなたがこの国の王女である事実は、お父さまが亡くなっても消えないと。お母さまに未来は見えないけれど』

母は微笑み、願いを捧げてくれたのである。

『――あなたのこの先が、「幸福」であることを信じ続けるわ』

あのとき母に贈られた言葉が、いまになって届いたような心地がした。

自分が毎夜どんな夢を見ていたのかも、はっきりと思い出す。眠ってしまうとまたあの夢を見るとしても、フェリクスの名前を口にすると、少しだけ怖くなくなる理由もだ。

「……フェリクス」

「だから、もう眠れと言って……」

アリシアがフェリクスにしがみついたのは、涙を隠すためだと気取られたはずだ。

分かっているのに、涙が溢れて止まらない。アリシアは泣きながら、それでもどうにかフェリクスに尋ねる。

「私の夢の中に、あなたが助けに来てくれていた……？」

「…………」

僅かな沈黙のあとに返ってきたのは、淡々としているが穏やかな声音だ。

「行っていない」

「っ、うそつき……」

「俺がわざわざ、そんな面倒なことをするものか」

フェリクスは続けて、アリシアの耳元にこう告げる。

「お前自身がその夢から、自身の力で目覚めている」

「……！」

アリシアの在り方を肯定されたのだと、そう錯覚したくなるような言葉だった。

「………っ」

熱の所為だけではなく、体の力が抜けた心地がする。すると涙もますます零れて、フェリクスの胸元に額を押し付けた。

「……はっ。なんだ、まだ泣くのか？」

「た、たのしそうに見ないで……」

アリシアがぐしゃぐしゃに泣いていると、フェリクスは何処かに手を伸ばす。

どうやら上掛けを引き寄せたらしく、いつも寝入りのときは彼ひとりが使う柔らかな上掛けが、アリシアの目元近くまでを覆った。

それはまるで、弱ったアリシアを温めながら、泣き顔をも隠してくれているかのようだ。

「俺はもう寝る。これ以降、お前の相手はしないからな」

「わ、わたしも、もう寝るもの」

「そうしろ。お前に衰弱して死なれると、色々と俺に不利益がある」

フェリクスは意地悪く笑いながら、上掛けから顔を覗（のぞ）かせるアリシアを見下ろして言った。

「お前は死なせるよりも、生かしておいた方が都合が良いからな」

「……やさしくない……」

ずびっと鼻を鳴らしながら、アリシアはフェリクスにしがみつく。

それでも彼には、伝えておかなくてはならない。

「ありがとう。フェリクス……」

なんだか安心した心持ちのまま、アリシアはゆっくりと目を瞑る。

そうして寝息を立て始めたアリシアのことを、フェリクスはしばらく眺めていた。

「…………」

それから、まるで抱き枕のようにアリシアを抱き込むと、フェリクスも静かに目を閉じたのである。

＊＊＊

「よかったわ。……本当に、安心した……」

王女ティーナは鏡を見詰め、くすくすと愛らしく笑っていた。

「シオドアが私の味方だって、ちゃんと確かめることが出来たもの。当然のことだけれど、やっぱり嬉しい……」

ティーナがぎゅうっと抱き締めたのは、自分のためのウェディングドレスだ。レウリア国王太子フェリクスとの婚儀で纏うために、わざわざ姉アリシアと同じ意匠で作らせた。

「シオドアが早速、出発の準備をしてくれているわ。これさえ上手くいけばもう大丈夫、お姉さまを殺せる……」

ドレスに頬を擦り寄せて、ティーナは顔を歪めながら笑う。

「待っていてくださいませ。私の未来の旦那さま、フェリクス殿下……！」

五章

「おはようフェリクス、よく晴れた朝よ！」

「………」

朝の少しだけ遅い時間、寝台から抜け出したアリシアは、寝室のカーテンを開け放った。

昨日の雨で透き通った空から、眩い陽光が降り注いでいる。寝台の傍にある窓を開けると、五月も終わりに近付いた春の、柔らかな風が頬を撫でた。

アリシアはすっかり元気である。昨夜の発熱はやはり疲労によるものだったらしく、薬を飲んでぐっすり眠った体は軽かった。

反対に夫のフェリクスの方が、寝台でぐずぐずと怠そうに、いつまでも目を開けないままだ。

「フェーリークース。侍従のヴェルナーさんも、さっきあなたを起こしに来たわ」

「………」

「朝ご飯。寝室に運んでもらったから、一緒に食べましょ」

「…………」

（薄々思っていたけれど。この人寝起きがあんまりよくないというか、朝が弱いのかしら……）

美しくて冷徹な王太子の、思わぬ弱点だ。

アリシアは寝台に戻ると、フェリクスの腹を跨いでそこに座った。女性とはいえ十八歳の人間に体の上へと座られて、さすがに耐えかねたらしい声が聞こえてくる。

「……重い」

「あ。起きた」

「降りろ。潰れる……」

「そ、そこまで重くないでしょ……！」

　そうは言ったものの心配になった。顔を顰めたフェリクスが、それでもまた身じろいで眠りそうになったので、アリシアは彼を脅迫する。

「起きないと私のお母さまみたいに、夫のほっぺにキスして起こすけれど？」

「………………」

「どうしてそれで起きるのよ！」

　これまでまったく動かなかったくせに、フェリクスがむくりと上半身を起こした。

　そこまで嫌だったのねと考えていると、彼はいつもより少し無防備な表情で、アリシアを見詰める。

「どうしたの？」

「……」

　いまのアリシアは、寝台に座ったフェリクスの膝に座って向かい合うような体勢だ。

　フェリクスは二度ほど緩慢な瞬きを重ねたかと思えば、そのままゆっくりと目を瞑る。

「！」

アリシアの肩口に、フェリクスが凭れ掛かるようにして頭を置いた。

昨晩の自分を思い出して、アリシアは少し驚く。けれどもフェリクスは別段、体調が悪い訳ではないらしい。

「……眠いの？」

「…………ねむい」

素直な返事があるとは思わず、アリシアはくすっと笑った。

嫁入りから今日まで、朝はアリシアの方が早く起きて寝室を出ていたため、こんなにぐずぐずになった夫を見るのは初めてだ。

「レウリア国に奇襲を仕掛けるなら、夜よりも朝が良いのね」

特大の秘密を握ったアリシアは、優越感と共にフェリクスの頭を撫でてあげる。

「最強の王太子さまが、こんなに弱体化するんだもの。万が一あなたと敵対することになったときのために、覚えておかなきゃ」

「………………」

「きゃーっ!!　潰れる、潰れる!!」

どんどん体重を掛けられて、アリシアでは支えられなくなりそうだ。ぺしぺしと背中を叩いたら、なんとか解放してもらえた。

「！」

そうしていつのまにか、アリシアが寝台に押し倒されるような形になっている。

アリシアに覆い被さり、顔の横に左手をついたフェリクスが、こちらを見下ろして目を眇めた。

大きくて筋張った彼の右手が、アリシアの喉元をゆっくりと摑む。

片手で首を絞めるかのような、そんな触れ方だ。

「――……」

アリシアは落ち着いた心境で、緩やかに瞬きをする。

故国の奪還が叶ったとき、彼のために未来を見ると約束した。その際には、『誰かに殺されかける』という状況が必要になる。

（……私が未来を見たいときは、フェリクスが殺してくれると言っていた……）

フェリクスがそう約束してくれるのなら、アリシアは他者に殺してもらうために、わざと憎まれる必要などない。

（フェリクスのために未来を見るときも、きっとフェリクスが、私を殺そうとしてくれる）

触れているフェリクスの手が温かい。

昨日は熱があったから冷たく感じたものの、どうやら本来ならフェリクスの方が、アリシアより体温は高いようだ。

「――もう、熱はないな」

「………」

そう言って、フェリクスはするりと手を離した。

アリシアを心配するようなものでも、体調が戻ったことを安堵する言葉でもない。ただ事実を確認した、それだけの物言いなのに、それはアリシアの左胸をじわりと温かくした。

「ありがとう。フェリクス」

「これからは、衰弱死しそうなときは予め言え。妃が死ぬにあたっては、さすがに俺にも準備がいる」

「ふふ。……やっぱりやさしくない……」

「何を言う」

アリシアを見下ろしたフェリクスが、とびきり美しくて意地の悪い笑みを浮かべた。

「俺の妃は、優しくないのが嬉しいんだろう」

「っ、そんな風には言っていないでしょ！」

昨日の発言を少々恥ずかしく思いつつ、さすがにお腹が空いてきたため、アリシアは朝食の準備を始めるのだった。

＊＊＊

朝食後、フェリクスの執務室に入ることを許されたアリシアは、昨晩伝えきれなかった顛末を彼にこう告げた。

「それで、ティーナの贈り物の中身だけれど……」

なおアリシアは現在、執務用の椅子に座ったフェリクスの膝に、横向きに乗っている。

「果物だったわ。ただし、荷馬車いっぱいに積まれた木箱の中身は、ぜーんぶ腐っていたの」

「……」

「それに、恐らくこれで終わる話ではないわ。何かきっと……」

「おい」

「？」

そんなアリシアの報告を、フェリクスは別の書類を読みながら、顰めっ面で聞いていた。渋面の理由は、ティーナの贈り物によるものではないらしい。

「お前の母親は、いつも夫の膝に座って公務に関する報告を？」

「そうよ。王族夫妻って普通、そういうものじゃないの？」

「……もういい。説明するのも面倒臭い……」

「？？？」

何もかもどうでもいいと言いたげな顔をしたフェリクスに、アリシアは首を傾げた。けれども降ろされる気配はなかったため、そのまま彼の膝の上で続ける。

「きっとティーナの筋書きは、『心からの贈り物として果物を選んだのに、運ばれる過程で傷んでしまって、想定より早く腐食が広がったことにする』といった辺りでしょうね」

異国に嫁いだ姉への贈り物をし、周囲やフェリクスに好印象を持たれながら、それでいてアリシアに不快感を与えるという行いだ。

「もちろん目的は、ただの嫌がらせではないはずよ。贈り物なんて口実で、別の理由があったことは間違いない」

「お前は大雨の中、わざわざそれを探りに行ったのだろう？　収穫なしとは無様だな」

「隧道の崩落を予見できただけで、行った意味はあったわ」

フェリクスは嫌味を言って笑うが、まったくの無収穫だった訳ではない。

「だからこそ誰も、危険な目に遭わせずに済んだのだもの」

「…………」

アリシアが心からそう告げると、フェリクスはその黒灰色の瞳でアリシアを眺める。

奇特な人間を見るような、そんなまなざしだ。

けれどもその双眸は、アリシアのことを興味深く観察する気配を帯びていた。

「なあに？　そんなにじっと見て」

「別に。……腐った果物の廃棄をする羽目になって、途方に暮れ泣くお前を見られなかったのは残念だった」

「あら。廃棄だなんて、とんでもないわ」

「……？」

アリシアはくすっと笑い、目を眇める。

「隧道が封鎖されて困っていた農村に持ち込んで、これを利用した肥料の提案をしてきたの」

「……ほう」

「防虫効果がある果物や、発酵した果皮から美しい染料になる果物……他にもすべて有効活用できて、捨てるものなんてひとつもなかったわ」

アリシアがそれらの説明をすると、村人たちは目を輝かせながら話を聞いてくれた。

王太子妃とは名乗らなかったため、アリシアの発言を怪しまれる可能性もあったのだ。しかし、傍に王立騎士団の制服を着た騎士たちがついていたため、驚くほど話は早かった。

「男性たちが隧道の迂回路を整備している期間を活用して、女性たちが手仕事をする。隧道が使えなくて効率が落ちた分の損失が、取り戻せるかもしれないの」

アリシアはにっこりと、悪い笑みを浮かべて言う。

「ティーナにお礼を言わなくちゃね。あなたの贈り物の、おかげだって」

「……」

フェリクスは心底おかしそうに笑い、目を眇めた。

「妹にとってのお前が、殺したいほど目障りだった理由がよく分かるな」

「そんなに褒めないで。照れちゃうから」

もちろん皮肉であることは分かっている。アリシアは軽口で返しつつも、小さく溜め息をついた。

「問題は、そろそろ大きな動きがありそうな所よ。私の国でのパレードまで半年……ザカリーにそろそろ逃げ出してもらって、偽の情報を持ち帰らせないと」

「もうひとつ、お前の役割がある」

「役割？」

ちょうどそのとき、執務室の扉をノックする音がした。

「フェリクス殿下。入室のお許しを」

「入れ」

「失礼いたします」

生真面目な礼の姿勢で扉を開けたのは、フェリクスの侍従であるヴェルナーだ。彼は静かに頭を上げた後、眼鏡越しにアリシアたちを見て目を見開いた。

「なっ、あ、アリシア妃殿下!?」

「おはようございます、ヴェルナーさん」

アリシアが朝の挨拶をするも、ヴェルナーは真っ赤な顔をして慌てふためいている。

「一体何故(なぜ)、フェリクス殿下の膝にお座りに……!?」

「？　だって、夫婦ですので……」

「……!?」

ヴェルナーは時々アリシアたちを見て、こんな風に動揺するのだ。フェリクスが溜め息をつき、肘掛けに頬杖(ほおづえ)をつく。

「アリシアのことは無視しておけ。人間ではなく、猫でも居着いていると考えろ」

「あ。私の何処(どこ)が猫なのよ！」

「猫……」

アリシアは抗議を込めて頬を膨らませるが、フェリクスには真顔で無視された。ヴェルナーは我に返ったらしく、咳払(せきばら)いをしてから背筋を正す。

「取り乱してしまい、申し訳ございませんでした。ちょうどアリシア殿下のお耳にも入れたいことが、二点ほど」

「私にですか？」

ヴェルナーは頷き、一枚の書状を差し出してくる。

「この国における王室の伝統となる、妃冠の儀についてです」

「『ひかんの儀』とは……」

聞き慣れない言葉にフェリクスを見つめると、彼は間近からアリシアを眺めて言った。

「王室に嫁いだ花嫁は、夫からティアラと短剣を贈られる。――それを授けるための儀式こそが、王太子妃の最初の公務だ」

王室の妃のみが着けることを許されるティアラは、ほとんどの国において、妃が嫁入り道具として持参するものとなる。

しかしこのレウリア国の場合、夫からそれを贈られるのだとは聞いていた。

「嫁ぐのにティアラは不要だと聞いたとき、叔父さまが私のために用意したくなくて、嘘を吐いているのだと思ったわ。そういう儀式があるからなのね」

「面倒だが、この段取りを踏まないとうるさい連中もいるからな。仕方がない」

「ティアラは分かるのだけれど、短剣は？」

こちらもレウリア国独自の習慣だろうか。花嫁に花や宝石ではなく、剣を贈るという文化を初めて知った。

「――自害用だ」

「！」

アリシアを膝に乗せたままのフェリクスは、冷たい声音で言う。

「有事の際、妃が心身の尊厳を守れなくなる前に、自ら命を断つための短剣を持たせる」

「……フェリクス殿下。少し、お言葉を選ばれた方が……」

侍従のヴェルナーが、アリシアを気遣うように眉根を寄せた。けれどもフェリクスはふんと笑い、挑発するような笑みを浮かべる。

「この国の忌まわしい習慣は、教えてやっておいた方がいいだろう。いざ『必要』となったときに、聞いていなかったと騒がれても困る」

「しかし。嫁いでいらしたばかりのアリシア妃殿下を、無闇に不安がらせるようなことは避けるべきかと」

「お前は一体何を見ている？　ヴェルナー」

そう言ってフェリクスは、膝の上のアリシアを見遣った。

アリシアは言葉の意味をしっかり考え、ぽつりと呟く。

「自害用の、短剣……」

それは恐らく、何処でも持ち歩いて隠しておけるような大きさのものだろう。

夫から妻に贈られるものならば、肌身離さず持ち歩いていてもおかしくない。アリシアにとって、こそこそ隠したり忍ばせたりすることなく、堂々と持ち歩ける刃となるのだ。

「それは……」

「あ、アリシア妃殿下。短剣の用途は形骸化したものであり、あくまでも伝統儀式というだけで」

侍従のヴェルナーを遮って、アリシアはきらきらと目を輝かせた。

「――すっごく助かるわ！　肌身離さず持っていても怒られない、そんな短剣を貰えるだなんて！」

「は……」

「ほら、見たことか」

ぽかんとしているヴェルナーに対し、フェリクスは告げた。

「俺はこいつが分かってきたぞ。世間一般の女に必要とされる配慮が、アリシアにはまったく不要となる。……必要だったとしても、俺がしてやる気はないが」

「ちょっとフェリクス！　いくらなんでも私にだって、普通にしてほしい配慮くらいあるわ」

「白昼から、夫の膝に座っているところを見られて平気な奴がか？」

「だってこれは、夫婦だし……」

ひょっとして降りた方がいいのだろうか。ヴェルナーは気まずそうな顔をしているが、フェリクスはどうでもよさそうな無表情のままだ。

（これが王族夫婦の作法でないのなら、さすがにフェリクスが『降りろ』って言うわよね……？　もしもこれが普通じゃなかったら、冷酷で他人が嫌いそうな王太子さまが、嫌そうな顔をしながらもずーっとお膝に乗せたままになんかしないわよね……）

内心でどきどきするものの、フェリクスがやっぱり何も言わないので安堵した。

（でもやっぱり、こうするのは今後、執務室や寝室だけにしておきましょう）

「アリシア妃殿下。妃冠の儀には見届け人として、花嫁さま側のご関係者さまにも参列いただくことが可能となっております」

「まあ。そうなのですね」

かつて、王族同士の結婚が戦時中にたびたび行われていたころの名残から、妃側の人間は婚儀に出ないのが一般的だ。

これを必須の礼儀としてしまえば、王族が国境を越えなくてはならない理由が出来て、各種の戦略に影響が出る。その代わりとして『頃合いを見て、戦況が落ち着いているときに』行えるのが花嫁故国のパレードだ。

この国においてはそれだけでなく、妃冠の儀も例外のひとつとなるらしい。

「とはいっても、私の国から出てくれる親族や王侯貴族なんて、ひとりも居ないのだけれど」

「いえ妃殿下。もうひとつのお話とは、まさにそのことでして」

ヴェルナーは、アリシアの故国から届いたらしき書状を差し出した。フェリクスが関心のなさそうな手付きで受け取って、中身を検める。

「……妃冠の儀に、お前の国からの参列者がいるそうだぞ。国王の名代として、馳せ参じると」

「え？　名代って、一体誰が……」

「騎士シオドア」

緊張感に、ぴりっと指先が痺れたような心地がした。

「……シオドアが、叔父さまの名代として……？」

騎士シオドアは、アリシアが叔父から玉座を奪還するにあたり、大きな障害となり得る人物のひとりだった。

この男さえ味方に付けられれば、アリシアの勝率は大きく上がる。反対に敵に回られてしまうと、非常に厄介で困る男だ。

フェリクスが、ヴェルナーの退室を視線で促す。

「……私はこれにて、一度失礼いたします」

「ありがとう、ございました。ヴェルナーさん」

一礼したヴェルナーが執務室を出たあと、アリシアは俯いた。

「……困ったわ。本当にシオドアが叔父さまに従っている場合、最悪の戦況に陥る……」

絶望感が背筋を這い、ぞくりと粟立つ。

「負けるかも、しれない」

「……」

フェリクスからまなざしで説明を求められ、アリシアは切り出した。

「……シオドアは凄まじく強いだけではなく、防衛戦がとても得意なの」

守りを固められることの厄介さは、フェリクスもよく知っているだろう。

「たとえば見晴らしのいい戦場でも、彼に守られれば要塞と化すわ。彼自身の強さに加えて、軍師のような戦略に……」

「お前が取ろうとしている手段は、パレードを目眩(めくら)ましにした上で、お前しか知らない隠し通路を使う奇襲だ」

「……」

「戦場で相手がどのような防衛を行おうとも、こちらの侵攻経路が気取られていなければ脅威ではない。その顔をしている理由は、他にあるな」

フェリクスのような鋭い人間に、まだすべてを話したくないときは、こうして密着するのは避けるべきだ。

そのことを、アリシアはたったいま学んだ。

（王族の夫妻がいつもくっついているのは、きっと互いに隠し事をせず、円満な信頼関係を築くための工夫なのね。だからお父さまとお母さまも、いつも仲睦(なかむつ)まじくしていたのだわ）

あくまで無関心そうなフェリクスだが、やはりそのまなざしは鋭かった。

アリシアは観念し、彼に告げる。

「……十三年前。叔父さまが王城に攻め込んできたとき、当時まだ十三歳の騎士見習いだったシオドアは、私やお父さまたちと一緒にいたの」

本来ならばシオドアも、見習いとはいえ騎士として戦うべき立場だ。

しかし母を先に走らせた父は、アリシアを抱えたのとは反対の手でシオドアの手を取り、シオドアも一緒に連れて逃げようとした。

「お父さまはあのとき間違いなく、隠し通路に向かっていたわ。途中で追い付かれてしまって辿(たど)り着けず、シオドアは隠し通路の場所を知らないままだけれど……」

「であれば、『隠し通路が存在する』ということ自体は察している可能性があるな」

フェリクスの言う通りなのだ。

妻と子供を逃がしたい国王が、包囲された城の中でも諦めず、一心に走っていた理由。

子供の頃は分からなくとも、二十六歳の騎士となったいまのシオドアは、あの王城のどこかに隠し通路がある算段をつけているかもしれない。

「……お父さまにとても可愛がられていたシオドアが、私の味方になってくれる可能性はあると信じていた。けれどあの騎士が、叔父さまの名代としてやってくるなんて」

アリシアには、シオドアが叔父の従順な騎士になっているのかどうか、確かめる手段がない。

「シオドアに、敵に回られていた場合……」

「——報告によれば。騎士シオドアの戦いに、こんなものがあったな」

フェリクスはアリシアを膝に乗せたまま、意地の悪い笑みを浮かべて言う。

「お前の叔父が、戦争をする同盟国にシオドア率いる軍勢を貸し出したときのことだったか？　その騎士は、山道にある最後の防衛拠点の砦を『守るため』に——……」

フェリクスの言葉を継いで、アリシアは呟く。

「……火を放った」

それを噂で聞いたとき、アリシアは耳を疑ったものだ。

「町に侵入させないよう、敵ごと砦を焼き払って……そうして彼は、『砦を見事守り切った』と称えられたわ」

父が死んでから、アリシアはシオドアに直接会っていない。

城内にアリシアの味方を増やさないようにと、厳しい監視の目があったからだ。

それでも情報は入ってくる。

シオドアの名が他国にもよく知られているのは、単純な武勲の数だけではなく、その大胆な戦略も関係しているのだろう。

「私がパレードを抜け出して、隠し通路から叔父さまを討とうとした場合。隠し通路の場所は知られていなくとも、シオドアに城ごと燃やされる可能性はあるわね」

「ははっ。そうなったら、お前は隠し通路で蒸し焼きだろうな？」

「どうして楽しそうなのよ。悪趣味」

「やめろ。指で俺の頬をぐりぐり刺すな」

アリシアはフェリクスに抗議したものの、それは見るまでもなく想像できる結末だ。

（未来視のおまけの『死に戻り』って、火事の場合どうなっちゃうのかしら……。『殺されそうになった瞬間に自害すれば、未来を見たあとに死に戻る』という力であっても、生き返った瞬間にまた死んだら終わりだわ）

考えるだけでぞっとする。やはり隠し通路での奇襲を狙う場合、シオドアに動かれる訳にはいかない。

「ザカリーがまだ逃げ出していないのは、幸運だったわね。持ち帰ってもらう偽の情報をもう少し増やして、シオドアを制御しないと……」

「そんなことをする必要があるのか？　その男は、妃冠の儀に来ると言っている」

フェリクスの言わんとしていることが、アリシアにははっきりと察せられた。

「妃冠の儀で、その男を味方に引き入れろ。それが出来ないなら、国への帰路に就かせるな」

その瞳でアリシアを見据え、彼は命じる。

「――必ず捕らえ、この国の中で殺せ」

黒灰色（こっかいしょく）をしたフェリクスの瞳は、稲妻を帯びた曇天の空のようだ。

「……分かっているわ」

叔父を玉座から引きずり下ろさなければ、アリシアの故国に未来はない。

多くの民が傷付き、殺される未来を、絶対に回避するのだ。そのために敵対者を排除しなくてはならないと、理解している。

そして、覚悟もしていた。

「とはいえ、シオドアもそれを警戒しているはずよ。……妃冠の儀にわざわざ来るのだっておかしい。もしかしたら叔父さまではなくティーナの手先になっていて、妃冠の儀で秘密裏に私を殺すことを狙っているのかも……」

これは既に、小規模な戦争のひとつだった。

「……どちらが先に、相手を殺せるかの駆け引きね」

「言っておくが」

フェリクスがアリシアの顎(おとがい)を摑み、彼の方に顔を向けさせられる。

「俺は何もしてやらないぞ」

「分かっているわよ。シオドアとの戦いに、この国の騎士や軍勢が関わったら、それだけで戦争の口実になるもの」

「その通りだ。お前が玉座を取り戻すための戦いならば、お前の持つものだけで戦え」

黒灰色(こっかいしょく)の瞳が、真(ま)っ直(す)ぐにアリシアを見据える。

「そうして奪還しない限り、かの国をお前のものだと認める者はいない」

「――……」

フェリクスの言葉に、身の引き締まる思いがした。

(すべてフェリクスの言う通りよ。夫の力に頼るだけでは、いずれ叔父さまを排除したとしても、このレウリア国の属国となるだけ)

アリシアにそれを言い聞かせてくれるのは、フェリクスだけだろう。

言葉としては冷たくとも、これはアリシアに必要な覚悟だ。

「ありがとう、フェリクス」

「……何はともあれ」

フェリクスは再び肘掛けに頰杖をつくと、あからさまに気乗りしていない溜め息をつく。

「妃冠の儀を行う以上、面倒だが父に会わせる必要が出てきた」

「会わせるって、誰を？」

「お前の他に誰がいる」

「私!?」

思わぬ言葉に目を丸くした。

「結婚相手の父親に会うだけの話で、それほどまでに驚くか？」

「だって。なんというかこう、お父君のことに触れてはいけない空気だったから」

アリシアとフェリクスの婚儀の場に、レウリア国王の姿は無かった。

「婚儀が終わっても、ご挨拶の場が設けられる訳でもなかったでしょう？　食事も私とフェリクスのふたりきりで、居住区もまったく別だし……」

フェリクスの家族構成については、アリシアもある程度は知っている。

（王妃殿下……フェリクスのお母さまは亡くなっているのよね。しかも、フェリクスに兄弟はいないのに、フェリクスのお父さまは後妻を迎え入れなかった）

つまりレウリア国の王室は、国王と王太子のたったふたりだけなのだ。

（もしもフェリクスが命を落とした場合、王室には国王陛下のみが残る。もちろん王位継承権を持つ人は他にもいるとしても、不安定な状況だわ）

何か事情があるのだろう。フェリクスとアリシアが白い結婚のままであることも、その問題に関わっているのかもしれない。

（いえ。多分こっちは、私が女性として魅力が無いと思われているだけね）

「妃冠の儀を終えて以降は、王太子妃が公の場に出ることも増える。王の顔は知っておく必要があるだろう」

「お父君……国王陛下にお会い出来るのは、私としては光栄だけれど。いいの？」

「何がだ」

「だって、私のことがお気に召さないのでは？」

そう問うと、フェリクスは怪訝（けげん）そうに目を細めた。

「何故そうなる？」

「私は長年、レウリア国と冷戦状態にあった敵対国の王女だもの。叔父さまの政治や外交が偏っていたお陰で、故国の評判が悪い自覚もあるし……国王陛下が私たちの婚儀に参列なさっていなかったのは、その所為（せい）だとばかり」

「違う」

フェリクスはふんと鼻を鳴らし、アリシアの向こう側にある机上のペンに手を伸ばしながら目を伏せる。

「――父が疎ましく思っているのは、俺のことだ」

「え……」

＊＊＊

「陛下」

レウリア国王の執務室に、王の従者が入室した。

老齢の従者はその手に、一枚の書状を持っている。その文末には王太子フェリクスの署名が、彼自身の筆跡で綴られていた。

「フェリクス王太子殿下より、陛下の謁見を賜りたいとの文書が届いております。……ご覧になられますか？」

「要らぬ」

ひび割れたように重い王の声音が、従者の足をその場に留めた。

後ろへ撫で付けた黒髪に、年齢相応の白が交じった国王は、息子とはっきり血の繋がりを感じさせる顔立ちをしている。しかし国王の双眸には、フェリクスへの不快感が滲んでいた。

「――そのようなものを、我が下へと持ち寄るな」

「は……っ！」

従者はその場に跪き、顔色を青くして深く詫びる。

「大変失礼いたしました。お許し下さい、陛下……」

「私からあれに用件があるときは、お前たちを通してあれに伝える」

その眉間に深く皺を刻みつつ、国王がペンを手に目を伏せた。

「それ以外のことは、あれに与えてやった裁量の中で自由に行えばいい。そしてそれ以外の範疇には手を出すなと、改めて伝えろ」

「……仰せの通りに。そのようにお返事をして、参ります」

従者は立ち上がり、改めて国王に一礼すると、執務室を退がって行った。

ふんと鼻を鳴らし、改めて公務のための書類を手にする。動きの鈍い右手に舌打ちをした、そのときだった。

「あ、あなたは……！」

「……？」

防音性が高いはずの扉越しに、従者の狼狽えた声がした。

先ほど閉ざされたばかりの扉が再び開くが、顔を覗かせた従者は焦燥を露わにしている。

「陛下。申し訳ございません」

「なんだ。騒々しい」

顔を上げ、顔を顰める。そこには、見慣れない人間がいたからだ。

従者の後ろでドレスの裾を持ち、深い礼の姿勢を取っていたのは、朝焼けの赤紫色をした髪を持つ娘だった。

「ご多忙のところ、突然このような形でのご挨拶となってしまい、お詫びのしようもございません。しかしながら、どうか僅かばかりでもお時間を賜りたく、参上いたしました」

その娘はやがて顔を上げると、こちらを見て微笑む。

「初めまして。国王陛下――……そして、お義父さま」

＊＊＊

『フェリクスが国王陛下に遠ざけられているのなら、私だけ会いに行けばいいのだわ！』

『……お前な……』

つい先刻、フェリクスの執務室でそう結論付けたアリシアは、謁見の申し入れを届けに行く侍従のヴェルナーについて王の下へ向かった。

どうやらフェリクスの言っていた通り、国王は息子とその花嫁が会いに来るのを断ったらしい。

それを察したアリシアは、強硬手段に出ることにした。あくまで礼儀正しく、それでも少し強引に、不敬罪になる寸前のところを見極めて『ご挨拶だけでも』と一礼したのだ。

（私がすでに王太子妃の立場でなかったら、牢に入れられていてもおかしくないわ。フェリクスは助けに来てくれないに決まっているし、投獄されなくてよかった……けれど）

この執務室には、火のついていない暖炉がある。

その傍のローテーブルについたアリシアは、真向かいの男性を見据えた。

（ゲラルト・ヴィム・ローデンヴァルト陛下。若い頃は大陸間にも武勇を轟かせた剣士であり、この大国レウリアの王）

沈黙して正面に座した国王ゲラルトは、まるで重量のある岩のように隙がない。戦場で王を守る騎士にとっては、どれほど心強いことだろうかと想像した。

（フェリクスは瞳の色以外、お父君に似ているのね）

涼しげな双眸のはっきりとした二重も、通った鼻筋も、フェリクスとゲラルトはそっくりだ。

ゲラルトの黒い髪には、多くの白髪が交じっている。しかし、整髪剤によって丁寧に後ろへ撫で付けられているためか、品が良く瀟洒に見えるのだった。

（陛下はただ無言でいらっしゃるだけなのに、すごい緊張感。陛下の従者さんも、壁際で気まずそうになさっているけれど……）

アリシアは淑女に相応しい微笑みを浮かべ、改めてゲラルトに切り出した。

「重ね重ねありがとうございます、陛下。日々ご多忙でいらっしゃる陛下のお時間を、このように賜われましたことを、心より嬉しく思い……」

「御託は良い」

淡々と告げられた声の重さも、やはりフェリクスとよく似ている。

「其の方がここに来たのは、あれの差し金か？」

「……」

この父親は、息子のことを名前で呼ばないのだ。

（まるで、物のような呼び方をなさるのだわ）

アリシアが思い出したのは、この国に嫁いできた最初の夜のことだ。

フェリクスは、アリシアが彼の名前を殿下でも旦那さまでもなく『フェリクス』と呼ぶと、それで良いと言うかのように瞑目した。

「……ご提案なのですが、国王陛下」

アリシアはにっこりと微笑んだまま、暖炉の上を指差す。

そこに飾られているのは、王侯貴族の嗜みとして遊ばれる遊戯盤と駒だ。地位のある男性の部屋に置かれていることは珍しくもない、そんな代物だった。

「よろしければ。あの遊戯盤で私と勝負など、いかがですか？」

「――なに？」

ゲラルトが顔を顰めると同時に、壁際の従者が青褪める。

「あ、アリシア妃殿下!? 陛下に向かってそのような、恐れ多いことを……!!」

「……ふん」

国王は、アリシアの思惑を探るかのように見据えたあと、やがて「いいだろう」と承諾したのだった。

＊＊＊

決められたルールに則って駒を動かし、陣取りをしながら相手を追い詰めるこの遊戯は、神話と星座に基づいて作られている。

夜空の星座が描かれた盤は、四季と同じ四種類が存在しており、この執務室に飾られていたのは冬の夜の遊戯盤だ。

神々の姿を模した駒を並べると、戦争の終局を表す美しい配置になるのが冬の盤だが、アリシアは冬の配置が少々苦手だった。

だが、それを顔に出すことはしない。

「先ほどの、フェリクスの差し金かというご質問についてですが……」

勝負の開始から十分ほどが経ったころ、遊戯盤に並べた駒をひとつ手に取って、アリシアは話を元に戻した。

「そうではありません。フェリクスは私を止めましたが、私がどうしてもご挨拶したいと押し切ったのです」

実際のところフェリクスは、どうでもよさそうに『好きにしろ』と言っただけだった。

『お前が父の不興を買ったときは呼べ。見学くらいには行ってやる』とも言っていたが、それは聞かなかったことにしている。

「フェリクスから、この国の素晴らしい伝統である妃冠の儀について教わり、わたくしとても楽しみにしておりまして」

あくまで柔らかく微笑んだまま、アリシアは女神の駒を置く。

「そちらに臨む前に、是非とも陛下にお見知り置きいただきたいと願い……不躾かとは存じますが、こうしてご挨拶へと参りました」

「ふん」

ゲラルトは即座に獅子の駒を取ると、迷う素振りもなくアリシアの女神の前に置いた。

（荒々しく攻撃的なのに、冷静で知略的な戦法だわ。フェリクスと対戦したことはないけれど、親子で同じような手を指しそう）

そしてゲラルトは、相当強い。

アリシアが慎重に蛇の駒を動かすと、すぐさまゲラルトがこちらの陣に踏み込んでくる。アリシアの獅子は蠍（さそり）の駒に倒されて、奪われてしまった。

思考を巡らせたアリシアが駒を持ち、大樹の駒を盤に置いたとき、ゲラルトが言う。

「許可をしてやっても構わぬぞ」

「許可とは？」

分からなくて首を傾げるも、ゲラルトは冷め切った声音のままだ。

「――あれとの婚姻を、解消したいのだろう」

「……」

放たれた言葉に、アリシアは目を丸くした。

「何を、仰（おっしゃ）るのですか？」

「シェルハラード国と同盟を組む目的は、大陸西に進軍するために必要なすべての軍路を、シェルハラード国が押さえているためだ」

ゲラルトの言う通り、叔父は西の諸国と強固な外交関係を築き上げている。

十三年前、アリシアの父が叔父に反乱を起こされた際、助けてくれなかった国々だ。

「西への『所用』が片付けば、同盟の価値もなくなる。そうなれば、其の方を自由の身にしてやっても構わぬ」

「………」

「三年ほど待て」

アリシアの陣に立った王の駒は、ゲラルトが左手で置いた駒に追い詰められる。

「そうすれば、何処へでも行くが良い」

「……国王陛下は」

アリシアは自らの王駒を逃したあと、ゲラルトの言葉には敢(あ)えて答えず、こう尋ねた。

「どうしてフェリクスを、遠ざけておられるのですか?」

「………」

従者がますます顔色を悪くする。それを単刀直入に聞く人間が、恐らくは他に居ないのだろう。

「あれは私の邪魔になる」

「邪魔とは?」

「一国に、王はふたりも要らぬ」

ゲラルトが獅子の駒を動かし、先ほどの逃げたアリシアの王を再び追い詰める。

(……陛下の獅子が、その位置に動くと……)

内心の考えを顔には出さず、アリシアはゲラルトの言葉に向き合った。

「あれは戦場で多くを殺す。平時であっても他者に興味を示さず、民の悲痛な叫びにも耳を傾けない」

ゲラルトは背凭れに身を預け、疲れたように息を吐く。

先ほどから、ゲラルトが駒を持つのは左手だ。けれどもひとつひとつの些細な動きを見ていると、彼が生来右利きであることは察せられた。

「だが」

ゲラルトの右手は震えていて、その動きもぎこちない。

「――にも拘らず、人の心を惹き過ぎるのだ」

「………」

ゲラルトが言わんとしていることに、アリシアは目を眇める。

「あれが戦場で残酷な振る舞いをしても、それに心酔する者が多く出る。政治の上で冷酷な判断を下せば、犠牲者が出ようとも賛同される。どれほど非道であろうと、弱者を切り捨てようと、その冷淡さにすら魅せられる者が絶えることはないだろう」

フェリクスは冷酷な人物であり、自らの腹心となる近衛騎士隊を持っていない。

それでもこの国の騎士たちは、フェリクスを見る恐れのまなざしに、紛れもない敬意と憧憬を滲ませていた。

「あれの見目が。鮮烈なまでの剣の腕前が、聡明さと冷酷さのそのすべてが、民心を魅了してやまない」

「……」

「もはや魔性の類だ。私は王として国のため、あれに過剰な力を付けさせる訳にはいかぬ」

アリシアは、盤上の一点を見据えて目を伏せた。

「そうしなければ、あれはいずれ国をふたつに分裂させる、忌まわしき存在に成り果てるだろう」

「…………」

それを聞き、ゆっくりと息を吐き出す。

「つまり、陛下は……」

狐の駒を手に取ると、それを動かして盤上の右上に置いた。

ゲラルトが眉根を寄せたのは、自らの獅子が動けなくなったことによるものだろう。

「フェリクスのことが、恐ろしいのですね？」

「――……」

壁際の従者は開口し、もはや何も反応出来なくなっている。

ゲラルトはアリシアをしばらく眺めたあと、鼻を鳴らして女神の駒を手にした。

「……何を言う」

ゲラルトが女神を動かした先は、攻撃に徹していたこれまでとは異なる、逃げの行動を意味している。

「王太子にしか過ぎない息子のことを、一国の王が恐れると？」

「あら。私の父は、王弟にしか過ぎなかった叔父に命を奪われましたよ」

アリシアは竜の駒を動かし、ゲラルトの王の駒に攻め入った。ゲラルトはすかさず妖精の駒で王を守るも、アリシアは更に竜を進める。

「陛下はフェリクスを信用していらっしゃらない。ですがその不信は、ご自身がフェリクスにいずれ負けるのではないかと、そのような未来を予見なさっている故の恐れ」

ゲラルトの妖精の駒の動きが、アリシアの竜を阻んだ。

しかしここで竜の駒を取られても、アリシアは攻め続けることを選択する。

「私には、フェリクスという夫の存在が必要です」

「………」

婚約の解消など、アリシアが望む訳もない。

叔父を玉座から引き摺り下ろすには、アリシアひとりの力では届かないのだ。

味方になってくれる訳ではないが、強力な手札をいくつも持っている『敵ではない』フェリクスこそ、いまのアリシアにとっては得難い存在だった。

（それに、フェリクスは……）

アリシアに騎士の指揮権を渡し、熱に浮かされれば薬と果物をくれる。

同じ寝台で眠れる温かな体温を思い出して、アリシアは改めてゲラルトを見据えた。

「最初に申し上げましたでしょう？　私がこちらのお部屋に参ったのは、フェリクスとの婚姻を解消したいのではなく、妃冠の儀にあたって陛下にお見知り置きいただくため」

「……」

アリシアは馬の駒を動かして、ゲラルトの王を守る戦士の駒を討つ。

ゲラルトは、ぎこちない右手で王を後退させようとしたものの、その手が当たって駒が倒れた。

「とはいえ私、気に入ってしまいましたわ」

「気に入った、だと?」

「陛下のお言葉です。『魔性の力』を持つ男の妻だなんて、とっても良い響き」

倒れてしまった王の駒を、わざわざ元に戻すまでもない。

「――お相手いただき、ありがとうございました」

手にした美しい狼(おおかみ)の駒を、ゲラルトの王駒の前にとんっと置いた。

この一手をもってして、アリシアの勝利だ。

「妃冠の儀を楽しみにしております。……叶うならば、陛下にご参列いただけますことを、心より願って」

立ち上がり、ドレスの裾を摘(つま)んで一礼したアリシアのことを、ゲラルトは無言で見据えたのだった。

＊＊＊

「――ということで、勝って来たわ!」

「お前は何をしに行ったんだ?」

アリシアの報告を、フェリクスは冷めたまなざしで切り捨てた。

「それはもちろん、『お義父さま』に結婚後のご挨拶を済ませて来たのよ」

夜はすっかり更けていて、星空の広がる窓からは梟の鳴き声がする。

公務から遅くに戻ったフェリクスは、階下で食事と湯浴みを済ませ、髪を乾かしてから寝室に上がって来たらしい。

「執務室に入れていただけたのは良かったけれど、陛下はあまりお話しにならなかったのだもの。重苦しい雰囲気のままよりも、勝負しながらの方が場が和むかと思って」

ここはフェリクスの寝室だが、アリシアはフェリクスの帰りを待たず、とっくに寝台へ入っていた。

たくさん並べられた枕のひとつを、今日も勝手に自分のものにしている。仰向けに寝転がり、ティアラのデザイン画を五枚すべて見終わったところで、フェリクスがこの部屋に帰って来たのだ。

「俺は内心、期待していた」

フェリクスはガウンの上に一枚羽織っていたものを脱ぎ、長椅子の背に放りながら言う。『期待』だなんて珍しい発言だと感じたが、すぐさまその意図を理解した。

「……私が国王陛下のご機嫌を損ねて、大騒ぎになるのを？」

「はっ。分かっているじゃないか」

「いいわ。私が陛下に投獄されたら、フェリクスの名前を呼び続ける即興歌を延々と歌ってあげる」

フェリクスはものすごく嫌そうな顔をする。ローテーブルに置かれた水差しを取ると、たくさんの果物が漬け込まれた水をグラスに注ぎ、それを飲みながら呟いた。

「あの父がお前に負けるところは、見てみたかったがな」

「……陛下はとても、お強かったけれど……」

アリシアは、ティアラのデザイン画を一枚目から見直しつつ考える。

(陛下にとっての悪手が打たれたのは、『一国に王はふたりもいらない』と仰ったとき。フェリクスについて踏み込んだ話を始めた途端に、強さが揺らいだわ)

筋張った大きな手でグラスを持ったフェリクスが、アリシアを眺めながらまた水を飲む。

喉仏が大きく動く、その様子ですら美しい。

(どれほど冷酷な振る舞いをしても、それすら民心を惹き付ける理由になってしまう魔性。陛下はフェリクスのことを、そう仰った……)

「俺のことを、邪魔だと言っていただろう」

するとフェリクスは、どうでもよさそうに笑った。

「……」

たとえ国王ゲラルトが、そのことをはっきりと口に出していなくとも、フェリクスならば確実に察しているはずだ。

だから、アリシアは隠さずに告げた。

「国王陛下にとってのフェリクスが、この上ない後継者なのだと感じたわ」

「……何？」

「だって。あなたの持つ国王としての素質が、ご自身の王位を脅かすほどの存在であることを、お義父さまは認めていらっしゃるのよ？」

「――――……」

するとフェリクスがほんの僅かに目を見張ったような気がする。

アリシアは、悪戯(いたずら)をしたときの心境で微笑んで言った。

「あなたの妻の座が『気に入っている』って、そう言い捨ててきちゃった」

「……ふん」

グラスを置いたフェリクスが、ローテーブルのランプを消す。

そうして寝台まで来ると、アリシアが入っている上掛けを捲(めく)った。いつも通り上掛けを奪われてしまうかと思いきや、フェリクスは何も言わず隣に入る。

「今日も上掛け、一緒に使わせてくれるの？」

「深夜に気温が下がりそうだからな。薪(まき)を焚(く)べるほどではないが、お前で多少は暖を取れる」

「私が寒い方じゃなくて、自分が寒い方への対策ね」

むうっと口を尖(とが)らせていると、フェリクスはアリシアが顔の前に掲げていたデザイン画を見遣った。

「どのティアラにするか、決めたのか」

「んんん……」

妃冠の儀で贈られるティアラのデザイン候補は、午後のうちに会わせてもらった意匠画家によって、みるみるうちに生み出されていった。

「どれも素敵だから、決め難くて」

フェリクスの侍従であるヴェルナーが付き添ってくれて、この五枚に絞り込んだものの、なかなかに悩ましいのだ。

「フェリクスは、私にどのデザインを着けさせたい？」

「…………」

尋ねると、フェリクスが目を眇める。

（なあんてね。私がどんな格好をするかなんて、フェリクスにとっては心底どうでも良いはずだわ。私にもティアラにも、そこまでの興味すら無さそうだし）

意見を求めたのは冗談だと、苦笑して取り消そうとしたそのときだった。

「…………見せてみろ」

「え」

フェリクスがこちらに顔を寄せて、お互いの頭がこつんと触れる。

フェリクスはそれで体を引くでもなく、アリシアに頭をくっつけた状態で、デザイン画を黙々と捲り始めた。

「あ、あの、フェリクス？」

「…………」

（すごく細部まで見てくれているわ……！）

やがてフェリクスは一枚を選ぶと、アリシアに示した。

仰向けに寝転がったお互いの頭は、相変わらず触れたままだ。

「……これ？」

無言で肯定されて、アリシアは改めてデザイン画を見詰める。

アリシアが悩んでいた五つの案の中でも、とりわけ気になっていたデザインだ。

「どうしてこれを、選んでくれたの？」

「……」

横顔をじっと見つめると、フェリクスはデザイン画を邪魔そうにこちらへ渡しながら、なんでもないことのように断言した。

「どう見ても、お前に一番よく似合う」

「……！」

思わぬ言葉に目を丸くする。

「……ふうーん？」

少し照れ臭く、その何倍も嬉しい。

アリシアはデザイン画をサイドテーブルに置いたあと、わざと生意気な振る舞いで、フェリクスの顔を覗き込んだ。

「なんだ」

「ふふっ！」

ぽふんと子供みたいに上掛けに潜り、はしゃいだ声でフェリクスに告げる。

「なんでもないわ！　おやすみなさい、フェリクス」

「…………」

寝台の横のランプが消されて、寝室が真っ暗になった。

フェリクスはやはり寒いのか、上掛けの中にいるアリシアの上に腕を置き、抱き枕のようにして眠るつもりのようだ。

先ほどの嬉しさに頬を緩ませながら、アリシアは目を瞑る。

その日から妃冠の儀までは、驚くほどあっという間に過ぎて行ったのだった。

そして、儀式の前日がやってくる。

六章

妃冠の儀が行われる前日まで、アリシアは準備に大わらわだった。

数人の騎士たちを伴って、あちこちを駆け回る。婚儀の次に大きな儀式とあっては、歴代の妃（きさき）も大忙しで過ごしていただろう。

けれどもアリシアが忙しかったのは、儀式に備えた髪や肌の手入れ、賓客を迎える準備のためではない。

「アリシアちゃん！」

隧道（ずいどう）近くにある農村で、村人がアリシアに手を振った。

「見てちょうだい、これ！　アリシアちゃんに教わった方法で染めてみたら、すごく鮮やかな色になったのよ」

「まあ！　素敵です、とっても綺麗（きれい）！」

泥だらけで桶（おけ）を抱えたアリシアは、染め物を汚さないように、少し離れた場所から目を輝かせた。

ティーナから押し付けられた果物のひとつは計画の通り、素晴らしい染料として役に立っている。

他の果物もさまざまなものに転用され、隧道が使えなくて不便を強いられている村人の、新たな収入源となりつつあった。

たとえば、アリシアが先ほどまで土に混ぜ込んでいた桶の中身は、防虫効果のある肥料だ。両親が残してくれた書庫にあった本の知識は、こうしてあちこちで活用出来ている。

「これで隧道の迂回路が整備されれば、荷馬車で王都まで売りに出られるようになりますね」

「何もかもアリシアちゃんのお陰よ。何度も村に来てくれるばかりでなく、その度に隧道の様子を見に行ってくれて……」

「隧道が完全に崩落してしまうと、土砂崩れなどの危険もありますから。次に雨が降ったときは保たないと思うので、くれぐれも近付かないでくださいね」

「ええ、村人同士で声を掛け合っておくわ。こんな学者さんを王城から遣わせてくださるなんて、国王さまと王太子さまには感謝しないとねえ……」

アリシアが王太子妃であることを、村の人たちはまだ知らない。名乗ったところで、こうして農村で泥だらけになりながら動き回っているアリシアを見ても、説得力はないだろう。

騎士を伴って遣わされた学者だと思われているようだが、特に訂正はしていなかった。

「そういえば王都では明日、妃冠の儀があるのよね。私たち一般人の目には触れない儀式だけれど、王太子ご夫妻がバルコニーから手を振ってくれるそうだよ」

「……皆さまは明日、王都まで行かれるのですか？」

「隧道が使えなくて遠回りになる分、全員で行くのは難しいけどね。村の代表が何人かで、染め物を売るついでにって話になってるのさ」

女性たちと話しながら、アリシアは桶を抱え直そうとした。

するとそのとき、後ろから無言で近付いて来た男性が、アリシアの桶をひょいと持ち上げる。

「……ありがとう、ザカリー」

「…………」

お礼を言いながらも、アリシアは内心で調子が狂っていた。

（……どうしましょう。偽の情報を持ち帰らせるつもりだったザカリーが、逃げないどころか優しいのよね……）

ザカリーは、ティーナの命令でアリシアを殺しに来たはずの賊だ。

当初の作戦では、このザカリーに偽の情報を教えた上で、ティーナたちの下に持ち帰らせる予定だった。

しかしザカリーは逃げるどころか、アリシアの行動を観察し、見定めようとするそぶりを見せている。今だってアリシアから受け取った桶を、黙々と納屋に運んでいた。

その結果、村人たちからはこんな評価を下されている始末だ。

「アリシアちゃんの連れているシェルハラード国の色男さんは、働き者だねえ。手枷を付けているのには驚いたけど、あれがあの国の流行かい」

（いつ逃げ出してくれても構わないから、ザカリーを逃さないようにする枷はあれだけなのよね。私の国の流行が誤解されているわ……）

「あの人、アリシアちゃんの護衛なんだろ？」

「いいえ」

アリシアは両手の汚れをぱんぱんと払いながら、女性の言葉を否定した。

「あの男は、私の愛玩動物です」

「え？」

あまりにも堂々と言い切ったアリシアに、村人たちがおかしな顔をする。

（『ザカリーは、私が気に入って連れ回していた色男。だからこの先も利用価値がある』と叔父さまたちに思わせて、ザカリーが国に戻った後も、すぐには殺されないようにしている訳だけれど……）

「愛玩動物……」

村人が混乱した様子でザカリーを見遣ると、ザカリーはしばしの沈黙のあと、低い声でぼそりと応答する。

「…………………わん」

「…………」

その瞬間、村人たちが少しだけ心配そうな顔でアリシアを見た。

「ええと…………」

このどうしようもない空気を前に、アリシアは慌てて撤退を選ぶ。

「そろそろ王都に戻らないと！　皆さまお邪魔しました。重ねてになりますが、くれぐれも隧道には近付かないでくださいね！」

「あ、ああ。気を付けて、それとこれも持ってお帰り！」

村人たちが籠いっぱいに野菜をくれるが、ザカリーはまたもそれを無言で手にした。

騎士たちが手持ち無沙汰そうに籠を持とうとするものの、ザカリーはそれを無視している。王都に戻る馬車に乗り込んだアリシアは、向かい席にいるザカリーにこう尋ねた。

「——ザカリー。あなた最近、いったい何を考えているの？」

「……」

座席の中央にいるザカリーの左右には、今日も騎士がひとりずつ座る形だ。ザカリーが姿勢を正すと、手枷の鎖が小さく鳴る。

「……何を考えるべきなのか、それを考えている」

低くて重いその声に、アリシアは肩を竦(すく)めた。

「随分と、哲学的なことで悩んでいるのね」

「俺は今度こそ見極めて、正しい判断をしなくてはならない」

揺れる馬車の中で、ザカリーは引き続き答えるのだ。

「断片的な情報だけを鵜呑(うの)みにして盲信する……そんな過ちを繰り返す訳には、いかないからな」

（……自分が掴(つか)まされた情報の真贋(しんがん)を、疑っているという訳ではなさそうね）

何も知らない騎士たちが、戸惑いと疑問のまなざしでザカリーを見ている。

（ザカリーは勘付いているのかもしれないわ。故郷の村を救ったのがティーナではないことや、私が関与したこと……）

その可能性に思い至り、アリシアは息をついた。

（だけど、私に恩義を感じるのは間違いよ）

『悪女と噂されたはずの王女が、実は善行をしていた』だなんて、そんな美談の存在になるつもりはないのだ。

（私はあの国を取り戻すために、あらゆるものを利用するわ。子供の頃に一緒に過ごした騎士と……それから、夫でさえも）

シオドアやフェリクスのことを考えながら、アリシアは窓の外を眺める。

（……この空）

そしてアリシアは、ザカリーに告げた。

「ザカリー。ひとつ、あなたに命じたいことがあるの」

「……？」

怪訝そうな顔をしたザカリーに対して、にこりと微笑む。

「私に従ってもらうわ。……あなたの妹を守りたいのであれば、ね」

「――――……」

＊＊＊

王城での湯浴みを済ませたアリシアは、上品な紺色のドレスに身を包んでいた。

体のラインに沿った細身のシルエットで、縫い付けられたビーズが歩く度に煌めく。

ゆったりと広がる袖口に施された金色の刺繍は、アリシアの手首をいっそう華奢に、それでいて華やかに見せてくれるものだ。

赤紫色の髪は下ろしつつ、頭の左側には真珠の粒を連ねた髪飾りをつけている。

故国にいたころは夜会に参加した経験もなく、これほど美しいドレスに身を包む機会はほとんど無かった。

「挨拶用のドレスと宝飾をありがとう。フェリクス」

アリシアたちがいる部屋は、賓客を迎える間と続きになった控えの部屋だ。衣装を用意してくれた夫に向けて、アリシアはドレスの裾を摘んで広げた。

「どうかしら。変じゃない？」

「変であろうとそうでなかろうと、この後の出来事に影響は無いだろう」

「もう！」

妻にドレスを贈っておいて、あまりにも無関心な言い草だ。それ自体は気にならないものの、長椅子に座っているフェリクスの発言には反論した。

「影響はあるわよ。こちらの装いや振る舞い如何によって、相手への説得力は変わるものでしょう？」

「……」

「ましてやこれから行われるのは、探り合いだもの」

奥にある扉の向こうには、すでに旧知の人物が通されて、アリシアたちが来るのを待っているはずだ。

（正直なところ、明日の妃冠の儀よりも重圧があるわ。彼との駆け引きに失敗すれば……）

「…………」

アリシアの密かな緊張が見抜かれたのだろうか。

溜め息をついたフェリクスに、気怠げな手招きをされた。

「……来い」

「？」

首を傾げて近寄れば、フェリクスがアリシアに手を伸ばす。

そうして彼はその指で、アリシアの髪を梳くように撫でた。

「お前の瞳には、強い力がある」

「……！」

そう言って、髪飾りをつけていない側の横髪を、アリシアの右耳に掛けてくれる。

「交渉ごとの際は、なるべく双眸を見せる髪型にしておけ」

「あり、がとう」

「――これでいい」

少し驚いているアリシアを他所に、フェリクスは納得のいった様子で手を離す。

横髪が邪魔なつもりはなかったのだが、こうすれば確かに視界がより開けたように思えた。

アリシアは照れ隠しをしつつ、フェリクスに尋ねる。

「……さっきよりも可愛い？」

「可愛げは無い」

「もう!!」

生憎ここに鏡はないので、フェリクスの両頬を摑んで瞳を覗き込んだ。灰色の瞳に映った自分の姿を見て、緊張した気配などひとつも無いことを確かめる。

「以前も言った通り。俺はお前とその男との探り合いに、手を貸してやるつもりなどないぞ」

「……分かってる」

アリシアはフェリクスから手を離すと、彼の隣に置かれた椅子に腰を下ろした。

「あなたはそこで、私と彼の再会劇を楽しんでいるといいわ」

「ふ」

意気込んだアリシアを面白そうに眺めたあと、フェリクスが立ち上がった。

「十分に待たせてやっただろう。行くぞ」

「……ええ」

歩き出すフェリクスに従って、控えの部屋にある扉から続いた賓客の間に移る。

賓客の間は、床や柱が大理石で作られた空間だ。謁見の間と近しい造りをしていて、上座には二脚の豪奢な椅子が用意されていた。

赤い絨毯の敷かれた先には、すでにひとりの男が跪いている。

最初にフェリクスが椅子へと座る。アリシアはその隣の椅子について、赤い絨毯の延びた下段を見下ろした。

フェリクスが、感情の乏しい静かな声で告げる。

「顔を上げられよ」

「は。――この度は、貴国の神聖なる儀式の場に参列する資格を頂戴しましたこと、誠に僥倖に存じます」

男性が静かに居住まいを正す。

鮮やかな青色の双眸が、フェリクスのことを見上げた。

「シェルハラード国、ヒースコート子爵家が当主。シオドア・クリス・ヒースコートと申します」

（シオドア……）

十三年ぶりに姿を見るその騎士は、柔和な微笑みを浮かべている。

柔らかな癖のある金の髪も、少し垂れ目がちでやさしそうな表情も、昔のままだ。

（小さな頃、私とたくさん遊んでくれて、お兄さまみたいな存在だったシオドア。お父さまが殺される直前まで一緒に逃げて、叔父さまが勝利した後は離れ離れになって、噂だけしか耳に入らなくなった……そして）

戦場から流れてきた噂のことを、アリシアは自然と思い出す。

『騎士シオドアは、砦に火を放ったそうだ。惨たらしい光景だったそうだが……無事に、勝ったと』

「アリシア妃殿下」

「！」

シオドアは胸に手を当てて、昔と変わらずにやさしい声で言う。

「あのお小さかった王女殿下が、斯様にご立派な王太子妃として、フェリクス殿下のお隣にいらっしゃる。この光景に、長い時の流れを感じずにはおれません」

鮮やかな青い瞳からは、真意がまったく汲み取れない。

声のやさしさとは違い、その微笑みは、爽やかな顔立ちに貼り付けたかのようだ。

「この度はご結婚、おめでとうございます」

「――――……」

少年だった頃、シオドアがこんな風に笑うことはなかった。

いまはもう、アリシアの知るシオドアではないのだと、その現実が突き付けられているかのようだ。

十三年前、五歳だったアリシアの傍にいたシオドアは、十三歳にしてすでに騎士の才覚を認められた少年だった。

金色の癖毛に鮮やかな青の瞳を持つ彼は、貴族家に生まれた少女たちの目を引いたものだ。

『アリシアさま』

身長が伸びつつある中でも、その表情にあどけなさを残した彼は、アリシアに目線を合わせながら微笑み掛けてくれた。

『森のお花畑が満開でしたよ。今日も、王妃殿下へのお花を摘みに行かれますか？』

『うん！　おかあさま、お熱がでてたから、げんきになるお花をあげたいの』

『分かりました。朝の雨でぬかるんでいますから、僕と手を繋いで参りましょう』

父親を早くに亡くしていたシオドアにとっては、アリシアの両親が、彼の親代わりだったのかもしれない。

アリシアの父は、遠征や狩りなどにもよくシオドアを連れて歩いた。

シオドアはその度に、アリシアと一緒にいる時とは違うきらきらとした笑みを浮かべ、真っ直ぐな尊敬のまなざしを注いでいたものだ。

『ねえねえシオドア！　アリシア、お花でゆびわがつくれるようになったの。きいろか、あおいろのお花をみつけたら、シオドアにあげるね！』

『僕にですか？　ふふ、嬉しいな。それなら僕はアリシアさまに、花で首飾りを編みましょうか』

『やったあ！　じゃあ、アリシアとシオドアでこうかん！』

シオドアが熱心にアリシアの面倒を見る様子は、周囲の大人たちにとても微笑ましく映っていたのだろう。侍女たちがみんな頬を緩め、見守ってくれていた光景が浮かぶ。

『陛下はいずれシオドアさまを、アリシア殿下の騎士にされるおつもりなのでしょうね』

『アリシア殿下は、ご夫妻があんなに可愛がっていらっしゃるひとり娘ですもの。いずれ国一番の騎士になるシオドアさまが護衛につくのは、いたって当然ですわ』

そんな噂話が聞こえてくると、シオドアは少し照れくさそうに、それでいて誇らしそうにアリシアへと微笑みかけた。

『国王陛下にお任せいただける役目とあらば。アリシアさまが、いつかどなたかの花嫁となられるその日まで、僕がアリシアさまをお守りいたします』

しかしそれらはすべて、あのクーデターの日に失われたのだ。

怒号と悲鳴の中、剣同士のぶつかり合う音が響く。アリシアを片腕に抱き、もう片方の手でシオドアの手を掴んで逃げる父は、母を先を走らせながら出口とは異なる方を目指していた。

見知った騎士の亡骸（なきがら）に、シオドアが躓（つまず）く。父がそれを助け、シオドアを引き続き導こうとした。

『おとうさま……！』

父の背に剣先が迫り来る光景を、アリシアは今でも思い出せる。

なのにその瞬間の光景は、靄（もや）が掛かっているかのようだ。

『あなた!!』

『お前たちは早く逃げろ!!』

『っ、ですが……!!』

必死の形相で叫んだ父に、母がくちびるを噛（か）み締める。

泣きじゃくるアリシアと、父に追い縋（すが）ろうとしたシオドアの手をそれぞれに掴み、母は病弱な体で懸命に逃げてくれた。

けれどもやがては捕らえられ、アリシアと母は別室に軟禁された。

引き剝がされたシオドアが、それからどのような時間を過ごして来たのかを、アリシアは噂でしか把握していない。

（十三年の年月で私が変わったように、シオドアだって変わっていて当然だわ）

アリシアの妃冠の儀のために訪れ、跪いて婚姻の祝福を述べるシオドアは、あの頃より背も伸びて体格も良くなった。

そつのない微笑みを浮かべてこちらを見上げる様子は、騎士というよりもお伽話の王子さまのようだ。

(とても爽やかで完璧な微笑みに見えるのに、油断できない気配を強く感じる。……それは私の思い過ごし？　それとも……)

敵か味方か分からない人物だなんて、シオドアに対して思いたくなどなかった。

それでもアリシアは、見極めなければならない。隣に座るフェリクスの黒灰色をした双眸が、静かにアリシアを一瞥する。

(分かっているわ)

フェリクスから、無言で促されるまでもない。

アリシアは優雅に微笑んで、再会したシオドアに告げた。

「ありがとう、シオドア。兄も同然だったあなたに結婚を祝われるなんて、なんだか照れ臭いけれど……再会出来て、それが何よりも嬉しいわ」

するとシオドアは、少しだけ苦笑を交えながら目を細めた。

「……あの日のことを、後悔しなかったことはありません。いつか再びあなたのお目に掛かれる日まで、亡くなられた先王陛下に恥じることがないように、欠かずに鍛錬を続けて参りました」

「シオドア……」

「そしてあなたのお姿を拝見し、私は確信しております。――アリシア妃殿下も同様にこの十三年間を、戦って来られたのだと」

まるで本当の兄のようなまなざしで、シオドアが紡ぐ。

「あんなにお小さかったあなたが、おひとりで今日までよく、頑張られましたね」

「……！」

その声音とやさしい微笑みは、かつてのシオドアを思い出させた。

（いつかシオドアが私の騎士になってくれると、あの日が来るまでは信じていたわ。変わってしまったように思えたけれど、いまのシオドアは昔のまま……）

アリシアは小さく息を吐いたあと、気付かれないように椅子の肘掛けを握り込む。

（そのはず、なのに）

シオドアの双眸から、視線を外すことが出来ない。

（……どうして、胸騒ぎがするの……？）

柔和な微笑みでここにいる、得体の知れないこの男は、本当にあの頃のシオドアと同じ人なのだろうか。

けれどもシオドアを変わっていないと感じるのも、警戒しようとしてしまうのも、どちらもアリシアの感情でしかないのだ。

それを判断の材料にすることは、絶対にあってはならなかった。

（対応を間違えてはいけない、絶対にここで見極めないと。そのための、確実な材料は……）

無言で椅子から立ち上がる。それは、シオドアの下に駆け寄って手を取るためではない。

アリシアは、フェリクスの膝に横向きになってぽすんと座り、そのまま彼の首にぎゅうっと抱き付いた。

「……フェリクス」

「…………」

何も言わないフェリクスが冷静であるのに対して、シオドアが戸惑っているのが分かる。

「アリシア妃殿下……？」

「……おい」

アリシアはシオドアの見ている前で、フェリクスの耳元に、まるで甘えるかのようにくちびるを寄せた。

「お願いがあるの」

フェリクスにしか聞こえない、ほんの小さな声で囁(ささや)く。

（本当はこうしてシオドアと再会する前に、フェリクスにねだっておく必要があったのにね）

アリシアが残り二回だけ使える、特別な能力行使の条件を満たすために。

「――私のことを、殺してくれる？」

「…………」

アリシアが未来視を行う条件は、『誰かに殺されかけている状況で、自害すること』である。

一方で、フェリクスに対しては嘘をつき、『誰かに殺されかけている状況で血を流すこと』だと話していた。

（『誰かに殺されかける必要がある』という前提は正直に伝えたわ。ただ血を流すだけで未来が見えると嘘をつけば、未来視が何度も容易く行えるものだと思われてしまうから）

なにしろアリシアは、あと二回しか未来視を行うことが出来ないのだ。

（回数制限があることをフェリクスに隠すためには、未来を見たというふりをしつつ、実際は持ち得る知識だけで先読みをする必要があるんだもの）

これがそう上手く行くとは限らない以上、能力の出し惜しみをする理由は多い方が良いだろう。

こうしてシオドアを前にして、アリシアは、ここで未来視の力を使うという『諦め』がついた。

（それでもシオドアが私を殺す気かどうかを確かめるために、シオドアに殺されるのを待つ訳にはいかないわ。フェリクスが私を殺してくれるなら、その直前に私が自害することで、未来が見られる）

（けれど今回のシオドアに関しては、実際に未来視を行って、シオドアが誰の味方かをはっきりさせておくべきかもしれない……）

ただし故国を取り戻した暁には、フェリクスのために未来を見る約束が残っていた。

アリシアの未来視は残り二回だ。

二回を使い切ってしまえば、アリシアから神秘の力は消える。

（それがバレたら、フェリクスにとっての私は用済み。殺されるまではいかないとしても、離縁して捨てられることだって……）

しかし、命があるだけ喜ばしいと言えるだろう。

「叶えてくれる？　フェリクス」

「………」

再びアリシアが甘えれば、フェリクスは淡々としたまなざしを向けてくる。

（どうしてそれをシオドアに会う前にねだって、未来視をしなかったのかという顔ね。やっぱりフェリクスはわざわざ言わなかっただけで、私が力を使わないことに疑念を向けていた）

それも当然だ。アリシアだってこの異能に回数制限さえなければ、シオドアに会う前から未来視を使っていただろう。

未来視を出し惜しんだことへの説明として、小さく呟く。

「……心の奥底では、未来視を使うまでもなく、シオドアが味方だと信じたかったの」

フェリクスの首筋に額を押し付け、嘘ではない感情を彼に告げた。

「だけど。……もう、私の騎士はいないんだって、よく分かったから……」

「――――……」

フェリクスが、静かに溜め息をつく。

そうして膝に乗ったままであるアリシアの髪を、まるで撫でるかのように触れた。

「貴国は我が妻となったアリシアに、これまで無体を強いてきたようだな」

（フェリクス……？）

言葉の行方はアリシアではなく、戸惑っているシオドアに向けたものだ。

思わぬ発言に驚くが、フェリクスはアリシアを離さない。

「昔馴染みである貴殿の顔を見て、アリシアがこんなにも泣いている」

（な、泣いてないけれど!?）

そう反論したかったのに、フェリクスはどんどん話を進めてしまう。アリシアの耳元に口付けるかのような近しさで、皮肉っぽく囁いた。

「辛かった日々を思い出したのだろう。……可哀想に」

（本当に私が泣いたとしても、そんなこと絶対言わないくせに……）

シオドアからすれば、本当にアリシアが泣いてしまい、それで夫に甘えているようにも見えたかも知れない。

「貴殿はアリシアを助けてやれる距離に居ながら、実際には何もしてこなかった」

「フェリクス。玉座の主が父から叔父に代わったとき、シオドアはまだ十三歳だったわ」

シオドアの代わりに答えながら、アリシアはその意図に気付き始めていた。

「そうであってもだ。今や騎士シオドア殿は、我がレウリア国にもその名声が届くほどの人物。少年の時分に力が無くとも、アリシアを気に掛けられる場面はいくらでもあっただろう」

フェリクスは冷めた目を眇め、シオドアを見据えた。

「だが、貴殿はそうはしなかった」

「……それは」

（私からあの時のことを尋ねると、叔父さまへの恨みがあることや、シオドアを責めるようなニュアンスが出てしまう）

アリシアが叔父に敵意を持っていることを、いまはまだシオドアに悟られたくない。

シオドアが叔父の忠実な騎士となっていた場合、間違いなく大きな障害となる。彼がティーナの命令にも従うのであれば、邪魔なアリシアを殺そうと動くはずだ。

（けれどシオドアがこれまでどんな思いで過ごして来たかを知ることは、どちらの味方かを探る点において重要だわ。私の敵意を透けさせずに確かめる、自然な方法は……）

アリシアは、フェリクスの横顔をそっと窺った。

（……私ではなく、フェリクスが問いただすこと……）

フェリクスの手が、アリシアの髪をくしゃりと握り込むようにする。

傍に寄せられ、アリシアの耳殻にフェリクスの吐息が触れるほどの近さで、その低い声が囁いた。

「――旧知の者の見極め程度も、俺が殺してやらなければ出来ないのか？」

「……っ」

鼓膜を揺るがす甘いくすぐったさが、アリシアの背筋を駆け上る。

フェリクスのくちびるは、アリシアの耳にほとんど触れていて、まるで口付けられているかのようだった。

「俺の妃は、未来視を使わなければこんなものか。……だとしたら、お前の今日の寝床は長椅子だな」

（未来視ではなく真っ向から、駆け引きを続けろと言っているの？）

アリシアのことを抱き寄せたまま、フェリクスがシオドアを睨んだ気配がする。

「シェルハラードの騎士よ。弁明があるのであれば、語っていただこうか」

「――――……」

（本当に、やさしくないやり方。それでも殺されたり自害する方法と違って、痛くない）

アリシアは、シオドアに気付かれないように深呼吸をした。

（フェリクスが、私が血を流さず済むように励ましてくれた訳は無いけれど。……不甲斐ない妻を叱ってくれた、そのお礼は言わなくちゃ）

そして、再びシオドアに向き合う覚悟をする。

「シオドアのことを、責めないで」

「アリシア妃殿下……」

「それに叔父さまのことも、私は決して恨んでいないの」

アリシアはわざとフェリクスに対し、悲しい声音で懇願した。

（まずは偽りを。私に叔父さまへの敵意がないという嘘を、シオドアに対して見せ付けなくては）

シオドアが敵であろうと味方であろうと、渡す情報は少ない方がいい。叔父への叛意など、今の段階で見せる必要は無いのだ。

「私は誰のことも憎まないわ。だからフェリクスがそんな風に、私のために怒ってくれる必要もないの」

「…………」

（なんて。口にしているだけで、辟易（へきえき）してくるわね）

自嘲めいた気持ちになって、アリシアは微笑んだ。

（こんな綺麗ごとだけで、大切な人たちを守れるはずもないのに）

「……アリシア妃殿下」

シオドアが俯（うつむ）き、礼の形を取った。

「フェリクス殿下のお言葉はご尤（もっと）もです。すべては私の不甲斐なさによるものであり、弁明のしようもございません」

「シオドア」

フェリクスの首から腕を解いたアリシアは、彼の膝から降りようとする。

けれどもそれを、大きな手でぐっと引き寄せて留（とど）められた。

「！」

内心で驚きつつも表には出さない。アリシアは、フェリクスの膝の上からシオドアを見下ろす。

シオドアは深く跪いた姿勢で、静かに切り出した。

「このような発言が我が陛下のお耳に入れば、私は死罪をも免れないでしょう。そのことを承知の上で、申し上げます」

シオドアの顔を見ることは出来ない。

それでも彼はアリシアに頭を下げ、はっきりと宣告した。

「私の忠誠心は今もなお、アリシア妃殿下のお父君……亡き先王陛下の下にあると」

「――……」

シオドアの言う通り、叔父の耳に入れれば処刑となってもおかしくない言葉だ。

フェリクスがくっと喉を鳴らし、皮肉めいた笑みで言う。

「であればなおのこと奇妙な話だ。いまの貴殿が仕えているのは、かつての主君を殺した男だが？」

「いかにも、裏切りと誹られても当然です。しかし先王陛下が何よりも追い求めていらっしゃったのは、無辜の民が幸福である国」

アリシアだって忘れていない。

母と共に民のもとを自ら回り、真摯に耳を傾けた父の姿を誇りに思っているからこそ、アリシア自身もそうしてきた。

「先王陛下が倒れた後、王弟であらせられた現在の国王陛下が玉座に就かれました。玉座争いによって生じた混乱は大きく、それによって最も苦しめられたのは弱き民です」

フェリクスは目を伏せ、黙ってシオドアの話を聞いている。

というよりも、好きに喋らせてやっているといった方が正しい無関心な表情で、沈黙を貫いていた。

「先王陛下が亡くなられた際、私は己の無力を痛感しました。せめてもの償いは、先王陛下の望んだ通り、国民が幸せに過ごせる国を目指すこと……」

シオドアがゆっくりと顔を上げる。

「新たなる国王陛下を憎み、叛き続けるのではなく。たとえ私情を殺して仕えてでも、民を守らねばなりません」

「シオドア……」

「――それこそを最も優先すべきだと、自分に言い聞かせたのです」

叔父の騎士となってから、シオドアの献身は凄まじいものだった。

シオドアが同盟国のために戦ってきた功績は、アリシアの祖国が発言力を増した一因でもある。

（シオドアが戦ってくれたことで、守られた国民も大勢いるわ）

「周辺諸国や同盟国……誰が先王陛下にとっての敵か、残された国民にとっての敵なのか、それを見極める必要もありました。一介の騎士には踏み込めず、こちらはまだ道半ばではありますが」

どの国が父を裏切ったのか、それはアリシアが知っている。未来視でそれを見たからだと言えば、シオドアはどれくらい信じてくれるだろうか。

そう考えていると、シオドアの瞳がアリシアを見据える。

「私の唯一の心残りは、アリシア妃殿下のことでした」

あまりにも真っ直ぐなまなざしに、アリシアは少しだけ驚いた。

「妃冠の儀が行われると伺った際、私が参列者として名乗りを上げたのは、アリシア妃殿下にお会い出来る数少ない機会であると踏んだからです」

「シオドアが、自分から行きたいと言ってくれたの？」

「もちろん」

シオドアは少し寂しそうに、それでも柔らかく微笑む。

「……幼少の砌、私はあなたの兄代わりであったと、僭越ながらも自負しておりますよ」

「……！」

アリシアだって、本当の兄のように思っていた。

すぐにそう告げたかったことを、シオドアは察してくれただろうか。

「現王陛下からの信頼を賜り、私が揺るぎない力を持てば、アリシア妃殿下をお救いすることも出来ると信じておりました。……しかし、あまりにも時間が掛かりすぎたこと、お詫びのしようもなく」

「それは、仕方がないことよ」

叔父たちはアリシアが力を付けないよう、徹底して味方を排除していたのだ。シオドアがアリシアを気に掛けるほどに、アリシアに手を差し伸べることは難しくなっていっただろう。

「そんな危険を冒すよりも、シオドアが私を顧みずに地位を獲得した方が、結果としてお父さまの望んだ国の在り方に近付ける。シオドアの考えに、私も賛成だわ」

「……アリシア妃殿下に、そのようなお言葉をいただく資格はございません。私はそのような身でありながら、フェリクス殿下に一言申し上げるつもりでおりました」

不思議に思って首を傾げる。僅かに眉根を寄せたフェリクスに対し、シオドアは告げた。

「どうかアリシア妃殿下を、幸せにしていただきたいと」

恐らくはフェリクスの怒りにも触れる覚悟で、凛とした声が響く。

「アリシア妃殿下が、これまでの人生で得るはずだったすべての幸福を。――フェリクス殿下の手で叶えていただきたいと、不敬を承知でお願いに参ったのです」

（…………シオドア）

「このレウリア国の王太子妃として。ご夫君に愛され、健やかな御子をお産みになり、未来永劫その笑顔を絶やすことがない……そのような未来を、アリシアさまにお約束いただきたく」

（…………）

青く晴れ渡った空のような双眸には、一切の曇りも偽りもない。

そのことが、確かに感じられた。

（これまでの会話は、叔父さまの耳に入れば処刑も免れないものだわ）

そんな危険がある中で、シオドアが嘘をつく理由は無いはずだ。

（それでも話してくれたということは。シオドアは叔父さまではなくて、私の味方で居てくれる

……そう、信じていたかったけれど）

アリシアは緩やかな瞬きのあと、さびしさと共に目を細めた。

（さよならね。シオドア）

悲しい気持ちを押し殺し、アリシアは小さな微笑みを浮かべる。

（あなたの本当の目的に、私は察しがついてしまった）

シオドアは、アリシアの味方ではない。

「………」

それに気が付いたことを顔には出さず、アリシアは優雅に笑ったまま伝えた。

「ありがとう、シオドア。……あなたの気持ちが、すごく嬉しいわ」

心の内側を表には出さず、アリシアは続いてフェリクスも見上げる。

「けれど安心して。フェリクスには、とても可愛がってもらっているの」

「……」

「ね、フェリクス」

アリシアを見下ろす灰の瞳は、雷を纏った曇天の色だ。

「今の言葉で、シオドアが私を本当に心配してくれていたのだと分かったでしょう？　叔父さまたちに何も出来なかったのも、たくさんの思惑があったからよ」

実際のところフェリクスにとって、そんなものはどうでもいいことだろう。

それなのにここで一芝居打ち、アリシアの扱いについて追及してくれた。そのことに心から感謝しつつ、フェリクスに甘えながら告げる。

「だから、そんなにシオドアを怒らないで」

するとフェリクスは、静かに嘆息する。

「……ならば、許そう」

びっくりして瞬きしたアリシアを一瞥もせず、フェリクスがシオドアを見下ろして続ける。

「貴殿の発言や行動は、すべてアリシアの父に対する忠誠ゆえだと承知した」

「……ありがとう存じます。本来であれば一国の王太子殿下に、私などが進言するのは恐れ多く」

「いいのよ、シオドア。フェリクスもこれで分かってくれたでしょう？」

アリシアはフェリクスの膝に乗ったまま、彼の頬に触れて言った。

「あの国は、私の敵ばかりだった訳じゃないわ。だから五ヶ月後のパレードだって、きっと大丈夫」

「アリシア妃殿下。パレードとは、シェルハラード国で行われる……？」

「ええ。私とフェリクスの、婚姻お披露目のパレードよ」

アリシアはくすっと笑いつつ、フェリクスの頬を撫でる。されるがままになってくれていることを意外に思いつつ、いまはシオドアに集中した。

「フェリクスは、パレードをすることに反対しているの」

「…………」

決して嘘はついていない。妻の国で行うこの儀式を、フェリクスは遂行するつもりはなかった。

だが、ここからは多大に嘘を交える。

「私を蔑ろにした国に、わざわざ顔を見せる必要は無いと言ってくれたのよ。その分ふたりで休暇を取って、新婚旅行を提案してくれたわ」

「…………」

(『誰がそんなことを言うか』という顔だけれど。分かっているわ、もう少し付き合って)

心の中で謝罪しつつ、アリシアはシオドアを見遣った。

「けれどシオドアは、パレードをするべきだと思うわよね？」

「────妃殿下」

　これは重ねての確認だ。

（私の予感が、当たっていれば）

　内心の緊張が表に出ないよう、アリシアはフェリクスを抱き締めながらシオドアを見つめる。

（私の味方にならないのであれば。シオドアはあの理由から、パレードに反対するはず……）

　そんなことを考えた、ちょうどそのときのことだ。

「私も、フェリクス殿下のご意見に賛同いたします」

「────……」

　予感が更に深まって、指先が冷たくなったのを感じる。

「……それは、どうして？」

「残念ながらあの国は、アリシア妃殿下にとって安全とは言いがたい場所ですから。御身に危険が及ぶ可能性は、すべて排除すべきかと」

　シオドアはあくまで穏やかな笑みのまま、アリシアへと言い聞かせた。

「あなたは先王陛下と妃殿下の大切な、たったひとりの姫君なのです」

「………………」

　アリシアは小さな頃、母に渡す花を摘むために、雨の日でも花畑へ行きたいと我が儘を言った。

　シオドアの表情は、あの頃とやはり変わってしまっている。

「ごめんなさい。シオドア」

その瞳がどうしても、笑っていないのだ。

「どうしてもお父さまとお母さまの墓前に、私の旦那さまを連れて行きたいの」

「……アリシア妃殿下」

アリシアは今度こそフェリクスの膝から降りると、改めてシオドアを見下ろした。

思い出すのは小さな頃、アリシアの母が掛けてくれた言葉だ。

『剣を習ってみましょうか、アリシア』

その言葉を聞いたシオドアは、驚いて目を丸くしていた。

『王妃殿下。アリシアさまは王女さまです、剣なんて……』

『王女であっても、大切なものは自分で守れた方が良いのよ。私はあの人の妃になり、アリシアを産んで幸せだけれど、アリシアにとっての幸せは違うかもしれない』

母があのときそう言ったことを、シオドアも覚えているはずだ。

『妃として夫に愛され、子供を産み、微笑んでいることだけが幸福とは限らないわ。この子には王女という不自由な立場の中でも、少しでも未来を選ばせてあげたい……分かってくれるかしら、シオドア』

『……はい。王妃さまの、仰る通りです』

しかし先ほどのシオドアは、フェリクスに『アリシアの幸福』を懇願した。

（あなたの本音が、よく分かったわ。もちろんまだ断定するには早いけれど、あなたと対峙する覚

悟が決まった程度にはね）

アリシアがレウリア国の王太子妃として大人しくしている方が、シオドアにとっては都合が良いのだ。

（婚姻の慣例であるパレードのためですら、帰国させたくない理由……私の予想が正しければ、シオドアが次に打つ手はきっと）

アリシアは平然と振る舞いつつ、にこりと微笑む。

「いけない、私ったら。パレードよりも先に、妃冠の儀を見届けてもらうのが先なのに……明日の儀式のためにも、今日はゆっくりお城で過ごしてもらえると嬉しいわ」

「……は。妃殿下の晴れ姿を拝見できること、心より楽しみにしております」

シオドアが再び深く頭を下げた。そんな姿を前にして、アリシアは目を伏せる。

（フェリクスの言っていた通り。シオドアを味方に引き込めないくらいなら殺さなくては、玉座奪還は失敗する）

灰色の双眸は、アリシアを率直に観察している。

（——この騎士よりも上手を取らなくては、フェリクスの信用すら勝ち取れない）

七章

妃冠の儀を明日に控えたレウリア王城では、主に国内の貴族たちが集い、グラスを片手に歓談を行なっていた。

中心となる人物は、王太子フェリクスとその妃アリシアだ。けれども夜会が始まって一時間後、すっかり疲弊の色を見せたアリシアは、夫を壁際に追い詰めている。

「新婚の妃をひとり放置して、一体どこに行ってたのよ……！」

「庭で寝ていたが？」

しれっと言い切ったフェリクスが、悪びれずに胸の前で腕を組んだ。彼の耳に揺れる宝飾は、普段は身につけていないものだ。

今日のフェリクスは白の軍服に手袋を嵌め、体の右半身だけを覆う黒いマントを着用していた。灰色にほど近い黒髪は整髪剤で固められ、その耳が露わになっている。

この極上の見た目が、会場にいる女性たちの視線を釘付けにしていることくらい、当然フェリクスにも自覚はあるだろう。

「フェリクス……」

すっと指で数字の八を示したアリシアは、髪を左側に結ってふわふわと巻いている。

真珠の粒の髪飾りを散りばめた装いは、片側にマントを付けたフェリクスと並んで立つことを意識したものだ。

しかしフェリクスは夜会が始まって早々、取り囲まれたアリシアの傍をするりと抜けて、あろうことか姿を消したのである。

「その数字はなんだ」

「あなたが居ない間、私に絡んできたご令嬢の数よ」

壁に背を預けているフェリクスに、アリシアはずいっと顔を寄せる。夜会の参加者たちはみな、どこか遠巻きにアリシアたちを見ていた。

「それ以外にも、シェルハラード国に一言物申したい殿方が三人。ティーナではなく私が嫁いで来たことに嫌味を言ったご婦人が五人。フェリクスと私に離縁してもらって、自分の娘を妃につかせたいご夫妻が三組。これみんな、たった一時間での出来事だったのだけれど!?」

「そうか。勝ったか?」

「全員返り討ちにしてやったわ！」

アリシアがふんすと胸を張ると、フェリクスは少し目を伏せる。

「――その場面は見ておきたかった気もするな」

「あなたのそんなに残念そうな顔、初めて見たわね……」

アリシアを遠巻きに見ている人たちの向こう側に、こそこそと気まずそうな様子の面々が見える。

アリシアは、『あなたのような悪女よりも、私の方がフェリクス殿下を支えるのに相応しいわ！』と叫んだ三人のうちひとりの姿を見付け、にこりと微笑んで手を振った。

「それにしてもフェリクス、よく会場に戻ってきたわね」

歩き出したフェリクスについて歩きながら言うと、彼は白いテーブルからグラスを取る。

意外なことにフェリクスは、アリシアの分もグラスを渡してくれた。しゅわしゅわとした金色のお酒は、果汁のように甘いものだ。

「あなたのことだから会の終わりまで、そのまま行方不明かもしれないと覚悟したわ」

「雨が本降りになってきたからな。東屋(あずまや)で寝るのも鬱陶しくなった」

「……そう」

アリシアは手を伸ばし、フェリクスの頬に触れてみる。

「ほっぺた、すごく冷たいわよ。もう六月とはいえ、夜に外で眠るのはやめた方がいいと思うけれど」

「屋内だと目敏(めざと)い連中に捕まるんだ。今日はお前が暴れたお陰で、俺に寄ってくる虫も少ないが」

「暴れてないから！　人を虫除(むしよ)けにしないでちょうだい」

「それで？」

フェリクスはグラスを傾けながら、少し意地悪なまなざしをこちらに向ける。

「シェルハラード国の素晴らしき騎士であるシオドア殿は、やはり客室でご休息か。夜会の参加を辞退なさるとは、長旅でさぞかしお疲れのようだな」

「そうみたい。ゆっくり休ませてあげないと、可哀想(かわいそう)」

もちろん露ほども思ってはいないが、アリシアは肩を竦(すく)めてそう返した。

アリシアの推測が間違っていなければ、シオドアは客室で休んでなどいないだろう。恐らくは、フェリクスも似たようなことを考えているはずだ。

（早く行動しておきたいけれど、あとほんの少しだけ待たなくては。分かっていても、落ち着かないわね……）

　そのときふと、離れた場所から聞こえてくる。

「しかし。フェリクス殿下はお若き頃の陛下に、日に日によく似てきていらっしゃる」

（……随分と、お酒をたくさん召された殿方だわ）

「ご子息に亡き妃殿下の面影がないことを、陛下はどのようにお思いなのか……」

　あちらで会話をする男性たちは、思いのほか大きな声になっている自覚がないらしい。

「それはもちろん、安堵なさっているだろうさ」

　周囲の誰かが止める前に、ひとりがフェリクスを眺めながら言った。

「寵愛を注いだ妃殿下が、あのように惨殺されて。フェリクス殿下も、その一因なんだぞ？」

（え……）

　振り返ったアリシアは、フェリクスを見上げる。

「――――……」

　その美しい双眸が、なんの感情も宿さずにアリシアを見据えた。

　かと思えばフェリクスは、アリシアの手を取って歩き始める。

「っ、フェリクス？」

「行くぞ」

「行くって、そっちはホールの外でしょ！　一体何処に……」

アリシアのグラスを没収したフェリクスは、通り掛かったテーブルにそれを置く。噂話をしていた男性たちは、事態を察して青褪めた。

けれどもフェリクスはそれに構いもせず、アリシアを連れて、夜会場から続いている中庭へと降りる。

「ねえ、フェリクスってば！」

「面倒ごとが近付いてきた」

「……？」

手を引かれて薄暗い中庭を歩きながら、アリシアはホールを顧みる。そうして煌びやかな光の中に、とある人物の姿を見付けた。

「国王陛下……」

アリシアの脳裏に、つい先ほど耳にしたばかりである、『妃が惨殺された』という言葉が蘇る。

（フェリクスは、お父君がフェリクスのことを疎ましく思っていると言っていたけれど）

雨の降る中庭を歩く背中は、振り返ることを拒んでいるかのようだ。

（フェリクスだって、会いたくないみたい。……というよりも）

「…………」

やがて、フェリクスがはっとしたように立ち止まった。

アリシアがこれまで見てきた限り、フェリクスがそんな反応をするのは珍しいことだ。彼はアリシアを振り返って、目を眇める。

それから摑んでいた手を離し、こう口にした。

「……お前は戻れ」

「？」

今更どうしたのかと首を傾げると、至極当たり前のことを言う。

「雨が降っている」

そんなのは、分かりきっていたことだ。

春が終わったばかりの六月上旬とはいえ、この天気で夜は肌寒い。

アリシアは夜会の正装で肌を晒しているため、殊更に体が冷えてはいた。

「もしかして、心配してくれているの？」

「そう思うなら、お前の思考回路は呑気すぎるな」

「……ふうん？」

「なんだ」

悪戯を思い付いたアリシアは、フェリクスのマントをぐっと引いた。

その中にすっぽり入り込めば、立派な雨避けの完成だ。おまけにフェリクスの体温は高く、先ほどまで外に居て冷えていても、アリシアよりずっと温かい。

「うんしょ、と」

「……」

もぞもぞと居心地を整え、フェリクスの腕をくぐり、そこからひょこっと顔を覗かせる。

そんな様子を、フェリクスは何処か驚いたように見下ろしていた。その顔は普段の無表情よりも、ほんの少しだけ幼く見える。

「さ。行きましょ」

「……何処へ」

「あなたが連れ出したんでしょう?」

アリシアは、フェリクスに向けてにこっと微笑んだ。

「もう寒くないから、フェリクスの好きにさせてあげる」

「…………」

フェリクスはこれみよがしな溜め息のあと、それでも反論などは述べず、そのまま歩き出す。

ただし、アリシアを彼のマントで覆い、雨から守ってくれながらだ。

(……ふふっ)

フェリクスのマントに包まれて、アリシアはいつもより上機嫌に、雨の中庭を歩いたのだった。

＊＊＊

フェリクスがアリシアを連れて行ったのは、中庭の先にある時計塔だ。

その小さな塔は、階数にして五階建てくらいだろうか。中に入り、石で出来た螺旋階段をひたすらに上ってゆく中で、アリシアは僅かに息が上がった。

呼吸ひとつ乱れていないフェリクスは、見えないところで鍛錬を欠かしていないのだろう。アリシアを待つ様子もないので、ひたすら追い掛けるしかない。

（さっき、マントの中に入れてくれたのとは、大違い……！）

そんなことを内心で考えていると、急に立ち止まったフェリクスにぶつかった。

「きゃっ！」

「着いた」

「え」

目の前を遮る広い背中から、そっと向こう側を覗き込む。

「……まあ！」

目の前に広がるその景色に、アリシアは目を輝かせた。

時計塔の鐘が吊るされた屋上は、屋根に守られていて濡れることはない。

そこから見下ろせるのは、無数の雨粒の向こう側に広がる、街明かりの王都だった。

「綺麗……」

窓からの光が色鮮やかなのは、家々によってカーテンの色が異なるからだろうか。

たとえランプやランタンの、ほんの小さな輝きであっても、闇の中にある光はよく見えるものだ。

それが広大な王都の夜景を作り出し、降りしきる雨や水滴の撥ねる水たまりに反射して、幻想的

な光景となっていた。

　アリシアはそんな景色に見惚れて、独り言のように呟く。

「雨なのに。……いいえ、雨だからこそ、街のあちこちが輝いて綺麗……」

「そうか？」

「もう！」

　フェリクスは何食わぬ顔をして、隅にある一脚の椅子へと腰を下ろした。彼のよく慣れた振る舞いを見て、アリシアは気が付く。

　この場所は、フェリクスの隠れ家のひとつなのだろう。誰かが特別に長居することも無さそうな所なのに、椅子が置いてあるのもそのためなのだ。

（私に、教えてくれたのかしら）

　どうやらここは、先ほどまでフェリクスが夜会を抜け出していた先では無さそうだ。

（フェリクスは、寝室から私を追い出すこともないわ。……やさしくないけれど、だけど……）

　アリシアはくちびるで微笑んでから、当然のように『そこ』へと座った。

「……おい」

「なあに？　ねえ、もう少し寄ってくれないと座りにくいわ」

「お前は知らないのかもしれないが、俺はお前の椅子ではない」

「椅子でなくてもいいのよ？　ならそうね、私があなたの防寒具になってあげる。ね」

「お前が俺を防寒具にする、の間違いだろう……」

はあーっと溜め息の音がした。そうしてフェリクスの腕は、彼に背を向けて座るアリシアのお腹に回されて、ぐっと引き寄せてくれる。

「ふふ。そうやって固定してくれると、座りやすいわね」

「防寒具は喋らない。静かにしていろ」

「喋るのよ、最新の優秀な防寒具だもの。ねえ、所有者さま」

「なんだ。防寒具」

フェリクスを温める役割のアリシアは、彼の大きな手の上に、自分の手を重ねてみる。

「あなたはお父さまのために、会うのを避けてあげているの？」

「………」

膝に乗せたアリシアを、後ろから抱き込んだままのフェリクスは、どうでもよさそうにこう答えた。

「――ちがう」

降り注ぐ雨の音が、その声音をいっそう柔らかなものにする。

「ただ俺が、不快な声を聞きたくないだけだ。父と関わる上での何もかもが、煩わしい」

（……国王陛下も、フェリクスとは必要以上に話したくないご様子だったわ。国王と次期王位継承者がこれほど露骨に不仲である理由、それは……）

先ほど耳にした言葉を思い出して、アリシアはフェリクスに尋ねた。

「お母さまが『惨殺された』ことが、あなたとお父さまの亀裂に繋がったの？」

「は。……そういった質問は、普通もっと躊躇するものだろうに」

「あら。下手に気を遣われることがどれだけ困るか、私だってよく知っているつもりよ」

敢えてけろりと言い切ったのは、身に染みているからだ。

周りから見て、どれほど悲愴な出来事であろうとも、起きてしまった本人には変えようのない事実でしかない。

それでも、フェリクスが口にした言葉に対しては、驚きを面に出してしまう。

「——俺の母は、父を暗殺するために送り込まれた」

「！」

事実を紡ぐフェリクスの声音は、感情が滲まずに淡々としている。

「母の故国が命じたことは、王位継承権を持つ男児を産んだのち、夫を殺せというものだったらしい」

「……それって、つまり……」

目論見通りの事態が起きれば、この国は幼い王太子が継ぐことになる。玉座の後ろに控えるその生母は、絶大な権力を持っただろう。

さらにその背後につく国は、この大国レウリアへと干渉する力を持つはずだ。フェリクスの母の国が企てたのは、そんな未来だったのだろう。

「そうとも知らない愚かな父は、母をどうやら深く愛した」

先ほどの男性も言っていた。

国王は、王妃を寵愛していたのだと。

「俺が生まれてからも一向に、母は父を殺すことはなかった。父が似合わない花を贈れば、母はぎこちなくそれを受け取る。……そして、父や俺にだけ分かるように笑った」

「そう、だったの……」

彼女を深く愛する国王ゲラルトにとって、その微笑みはどれほど嬉しいことだっただろうか。

アリシアはその光景を想像した後で、とても悲しい気持ちになった。

「――やがてあなたのお母さまの故国は、業を煮やした？」

「………………」

静かな声で語られたのは、その続きだ。

「国境付近に出向いたとき、賊に扮した敵が俺を狙った」

（……きっと、人質にするためね）

フェリクスの母を脅して暗殺を促す道具にも、この国へ戦争を仕掛ける際の道具にも使える。

考えたくもない非道な手段だが、間違いなく有効な方法だ。

「母は俺の前に飛び出して、命を落とした。血溜まりの中、か細い声で、俺へと事実を語りながら」

かすかに自嘲じみた音が、フェリクスの声音に交ざる。

「父が駆け付けたとき、事切れた母の周囲に転がっていたのは、俺が殺した賊の亡骸だ」

「……フェリクス」

アリシアは、自らの腹部に回されたフェリクスの手にそうっと触れる。

「幼かった、あなたは」

小さな男の子の姿を想像して、アリシアは優しくその手を包み込んだ。

「――お母さまの負っていた暗殺の使命を、誰にも話さなかったのね」

「………………」

きっと、父親にすらも。

そのことに気が付くと、左胸の奥が締め付けられるような心地がした。

「お母さまの故国からの賊だと分かれば、怒り狂った国王陛下によって、戦争に発展してもおかしくなかったでしょう。けれど」

国王ゲラルトが現場から推測できた状況は、『何者かがフェリクスと母君を連れ去ろうとした』というものになるはずだ。

「賊はあなたが殺してしまったので、その決定的な証拠や証言は何処にも無い。どれだけ陛下がお母さまの国を疑ったとしても、正当な理由での戦争は起こせない……」

フェリクスはそのとき、一体何歳だったのだろう。

たとえいくつであろうとも、間違いなく幼い身の上でありながら、そこまで考えて賊を全員殺したのだろうか。

（お母さまの故国とこの国が、戦争を起こさないように。……夫の暗殺を思い留（とど）まり続けたお母さまの、願いでもあった……？）

そのときだった。

「！」

後ろから抱き締めてくれているフェリクスの額が、アリシアのうなじに押し当てられる。

「……フェリクス」

「…………」

フェリクスは何も言わない。けれどもそれはまるで、大きな猫に甘えられているかのような心地だった。

「もうひとつだけ、教えてくれる？」

「……なんだ」

「あなたは以前、滅ぼすべき国があると言っていたわ。それは、私の国では無いわよね？」

「あんな国に、興味があるはずもないだろう」

分かりきっていた問い掛けではあるものの、一応は安堵する。

「それなら、あなたのお母さまの国？」

「…………」

「やっぱり答えてくれないわよね。でも、私の国でないことが確実なら、それでいいわ」

納得の末、アリシアは体勢を変えることにした。

「……おい」

「……じっとして」

囁き声でフェリクスを窘めて、彼の膝へと横抱きに座る。

こうして見上げるかんばせに、やはり感情は滲んでもいない。けれども灰色の瞳には、ランタンの光が揺れていて、美しかった。

「あなたはその国を滅ぼすときに、たくさん殺すつもりでいるの？」

するとフェリクスが目を細め、長い睫毛の影が双眸に落ちる。

「そんな愚行は犯さない。そのまま自国に加えるつもりの国の、人員という名の資源を、無闇に消耗することはない」

「よかった。罪のない人たちに酷いことをしないって、約束してくれるなら……」

右手の指でフェリクスの頬に触れた。そうしてアリシアは、婚姻のときよりもずっと強い想いを込めて、ひとつの約束を述べる。

「……あなたと一緒に、私もその国を滅ぼしてあげる」

「！」

そんな誓いをフェリクスに捧げて、アリシアは柔らかく微笑んだ。

「……何を」

「だって私は、あなたの花嫁だもの」

アリシアの知る夫婦とは、そういうものなのだ。

「血まみれで現れた私のことを、あなたは拒絶しなかった」

「……ただ、利用できる部分があると踏んだだけだ」

「それでもあなたの妻であることが、私にとってどれほどの力になるか。そのことに、自覚がない訳ではないでしょう？」

アリシアの願う『復讐』には、どうしても権力が必要だ。綺麗事だけでは国を守ることなど出来ないことを、父の亡骸を目にして知っている。

「私が願いを果たすための行動に、力を貸してくれた。あなたにとっては些細な気まぐれなのかもしれないけれど、私にとっては大きな力よ」

「……」

それだけではない。

ひどい熱に浮かされたときも、悪い夢を見た夜も、フェリクスはアリシアを拒まなかったのだ。

「あなたはきっと、『夫婦』のあり方に思うところがあるわよね。それでも」

だからこそアリシアは、フェリクスにちゃんと約束したい。

「……どうか、受け入れて」

指先でフェリクスの頬に触れて、その双眸に宿る光を見詰めながら、アリシアは祈る。

「私はいま、あなたの共犯者になる誓いを立てたの」

「──────……」

いつかアリシアの持つ神秘の力は、フェリクスの望む滅国のために使われることとなるのだろう。

なにせ、アリシアが望むのも国ひとつだ。

それと引き換えに果たすべき義務が、同じく一国の命運を左右するものだという覚悟は、フェリクスの前ですべて結んだ。

「誓約のキスを、交わしてもいいわ」

「………」

表情を変えないフェリクスに、アリシアはそっと告げてみる。

恐らくは普段通りの皮肉で、そんなものは不要だと切り捨てるのだろう。そんなアリシアの当然の予想は、アリシアの顎を掴んだフェリクスによって、翻された。

「……！」

フェリクスからの口付けに、アリシアは息を呑む。

「ん……っ」

くちびる同士が重なったかと思えば、すぐに角度が変わって深くなった。

驚いて、思わず逃げそうになるものの、フェリクスの左手に頭を押さえられて動けない。そのまま更に深くなるそのキスに、アリシアはぎゅっと目を瞑った。

「ん、う……！」

身が強張ったことを察されてか、口付けが少しだけやさしくなる。けれど、却って呼吸の仕方が分からなくなって、アリシアはフェリクスの上着を握り込んだ。

（……強引なのに、まるで甘えているみたいなキス……）

そんなことを考える余裕すら、心臓の音と苦しさで掻き消えてしまう。アリシアはもう片方の手で、ぱしぱしとフェリクスの肩を叩いた。

するとどうしてか不満そうに、ゆっくりと離される。ほっとしたのも束の間、口付けの終わり際に、もう一度触れるだけのキスをされた。

「ふあ……っ」

こつりと額同士を合わせてきたフェリクスと、視線が間近に重なる。

すっかり息が上がったアリシアは、ほんの少しだけ涙の滲んだ視界の中で、上目遣いに夫を睨んだ。

「……もう、フェリクス……！」

「なんだ」

こんなときも、フェリクスはいつもの無表情だ。

けれども少しだけ満足そうな声音で、何処か開き直ったかのように言うのである。

「キスをしてもいいと、お前が言った」

「〜〜〜……っ!!」

いまのは決して、そんなつもりで告げたことではない。

きっと分かっているはずだ。不本意に翻弄されたアリシアは、慌ててフェリクスに反論する。

「ど、どう考えても、誓約のための口付けではなかったわ！　だってこんなの、これは……」

「夫婦のキスだろう」

「っ、そうなの……!?」

驚いて目を丸くすれば、じっとフェリクスに見詰められる。

嘘を言っている目ではない気がして、アリシアはこくりと喉を鳴らした。

「ほんとうに？」

「…………嘘だが」

「もう!!」

そんなやりとりをしながらも、何処かで安堵している自身に気が付く。

（……フェリクスの無表情が、なんだか少し和らいだように見えるから……）

そのことに、心からほっとした。

「私の夫が、あなたでよかった」

「……何故、そう思う」

「だって、嫌じゃないもの。誓いのキスも、結婚をしたことも、共犯者になることも」

フェリクスの膝から降りたアリシアは、振り返って彼を見下ろす。

「私を有効活用してね。フェリクス」

「――……」

そう告げて微笑みを向けると、フェリクスはほんの僅かに眩しそうな表情で、その目を眇めた。

「アリシア。お前は――……」

けれども彼は口を噤む。誰かの忙しない気配と共に、階段から足音が聞こえてきたからだ。

息を切らしながら現れたのは、フェリクスの臣下であるヴェルナーだった。

「フェリクス殿下……！」

「ご報告いたします。先ほど、郊外警備の騎士隊より報告が……」

ヴェルナーはアリシアを一瞥し、続きを躊躇する素振りを見せる。アリシアが離れようとする前に、フェリクスが許可を出した。

「問題ない。このまま話せ」

「は……」

その言葉を聞いたヴェルナー以上に、アリシアこそが内心で驚く。

（フェリクス。私にも、臣下からの報告を教えてくれようとしているの……？）

咳払いをしたヴェルナーが、フェリクスとアリシアのふたりに告げた。

「――懸案事項だった隧道が、この雨で土砂崩れと共に崩落。近隣の村民が、大規模な被害に巻き込まれた模様――……」

＊＊＊

山の中に降りしきるその雨は、シオドアが纏うローブを冷たく濡らしていた。

金色をしたシオドアの髪も、濡れて額に張り付いている。

しかし、もはや雨避けの意味もないフードを被り続けているのは、シェルハラード国の騎士服を覆うためではない。

「隊長、伝令です！」

同じく外套を纏ったシオドアの部下が、泥水を撥ねさせながら駆け寄ってきた。

「王都の方角より、十三台の馬車が現れました。レウリア国の騎士たちが、報せを受けて駆け付けている模様！」

「ありがとう。その中に、他と造りの違う馬車は？」

「一台、四頭立ての一際大きな馬車が存在します。扉に王室の紋様が描かれていることから、王族専用の馬車ではないかと」

（……やはり、あなたがいらっしゃったのですね）

分かりきっていたその報せに、シオドアは目を細めた。

（罠だとも、知らずに）

過日のことだ。

シェルハラード国の王城で、アリシアの叔父である現王は笑った。

『我が望みを叶える妙案が、他にもあるのだろう？　――シオドア』

『……もちろんです。陛下』

シオドアはこの王の下で、いくつもの戦いを経験してきたのだ。

信頼を得るために、長い年数を費やしてきた。だからこそ、澱みなく答える。

『かの国で行われる妃冠の儀。アリシアさまのために行われる儀式に、陛下の名代として私が参列いたしましょう。そして、その訪問を利用して……』

シオドアは薄暗い笑みを浮かべ、主君に告げた。

『――アリシアさまを、殺害できます』

『……なに？』

向けられたのは、意味が分からないとでも言いたげな表情だ。

『あれは、レウリア国との同盟を結ぶべく嫁がせたのだ。こんなにも早く殺してどうする？』

『ただ殺めるのではありません。あくまで事故や、かの国の賊の仕業に見せかけて命を奪うのです』

『……ほう』

シオドアの言わんとすることを理解してか、王は僅かに笑みを浮かべる。

『なるほどな。そうすれば「折角くれてやった王女を死なせた」として、レウリアと対立する正当な理由が得られると？』

『すべての周辺国を味方に付けることが出来れば、レウリアなど恐るるに足らず。何よりも陛下のお傍には、このシオドアがおります』

シオドアは玉座に向かって膝を突き、頭を下げた。

『万が一失敗した暁には、私めの独断による凶行とお切り捨てください』

そしてシオドアは今日のために、いくつもの情報を集めてきたのだ。

（レウリアの内情を探りながら、幾多の策を講じてきた。……だが、ここで『隧道』についての噂を得ることが出来たのは、僥倖だったと言えるな）

それは、シェルハラード国とレウリア国を繋ぐ道の途中にある、とある区画のことである。

（ひとりの女性が、この隧道が崩落間近だという話を方々に広めた。彼女は周囲の村に危険を知らせ、絶対に近付かないようにとの警告を周知したという）

シオドアの耳に入ってきたのは、こんな情報だ。

（その上、隧道が使えない期間の損害を埋めるための知恵まで授けたと……。その際に使用した果物は、我が国の王女ティーナさまが、姉君に贈ったものとまったく同じ。村民には身分を隠しているようだが……）

シオドアは真っ暗な雨の中、一歩ずつ歩を進めてゆく。


（――その名は、アリシア）


脳裏に浮かぶのは、このレウリア国の王太子妃となった彼女のことだ。

「シオドア隊長。『敵』は今回も、隊長の想定なさった時間に現れましたね」

「……ああ。そうだね」

「いつも通りのご慧眼、感服いたします！　レウリア国の騎士も、村人を装った我々の話をまんまと信じ込み、王都へと応援要請に向かいましたし……」

「はは」

部下に曖昧な微笑みを返しながら、シオドアはゆっくり歩き続けた。

（この辺りを警備する騎士は、王都への伝令を除いて全員捕らえた。――当然だ、隧道の崩落から命からがら逃げてきた民のふりをされては、志の高い騎士ほど惑わされる）

シオドアはこの動きを取るために、妃冠の儀の前夜祭が行われているレウリア王城を、秘密裏に抜け出したのだ。

（アリシアさま）

幼い頃、常に傍にいた少女の姿を思い出して、シオドアは雨の中で息を吐いた。

（あなたは先王ご夫妻が亡き後も、城を抜け出しては民のために尽力なさっていた。――気に掛けていた隧道が崩落、村人に被害ありとの報せを受けて、あなたが王城に留まっているはずもない）

そして間違いなく、こんな雨の夜に遣わされる騎士などは、限られてくるものだ。

「この雨天で馬車が到着するまでは、まだ少し時間があるはずだが――総員、戦闘の準備を怠らないように」

雨避けの外套はいつでも脱げるよう、胸前の留め具を開けた。

山中に陣形を広げて待機させた部下たちのことを、シオドアは振り返る。

「我が国の平和の、礎のために……」

この辺りは、ろくに木こりの手も入っていないのだろう。あちこちに倒木が転がっており、足場が悪いことこの上なかった。

　しかし、シオドアが背にした隧道の穴倉は、決して崩落などしていない。

　まるで巨大な化け物が、獲物を待ち構えているかのように、その絶壁で大きく口を開けていた。


「――アリシアをここで、殺してしまおう」

「はっ、シオドア隊長!!」


　部下たちのそんな返事に微笑んで、シオドアは頷(うなず)く。

「とはいえ、彼女を手に掛けるのは私の役目だ。いいね？」

「承知しております。我々はアリシアの護衛と戦闘し、隊長の援護を！」

「山中に散らばった別働隊が、アリシアの馬車の通過を待ってから、後続の馬車と騎士どもを排除します」

「ああ、その後も普段通りに頼んだよ。僅かな護衛さえ剥がしてしまえば、この国で他にアリシアの剣となる味方は居ない」

　シオドアはそんな指示を出しながら、内心で僅かに気になっていることを思い浮かべる。

（……懸念があるとすれば、王太子フェリクスのあの振る舞い。まるで本当に、アリシアさまへの心があるかのような物言いだったが……）

　そんなことを考えた、直後だった。

「……この音」

雨に紛れて、水を散らすような足音が聞こえてくる。シオドアから遅れてすぐに、部下たちも異変に気が付いたようだ。

「蹄の音……！　馬鹿な、もう馬車がここまで来たのか!?」

「違う」

「っ、隊長？」

普段よりも強いシオドアの語気に、部下がかすかな戸惑いを見せる。シオドアはそんなことには構わずに、山道の奥を凝視していた。

（まさか……）

迫って来ていたのは、馬車などではない。

「お、おい、あれ！」

「なんだ!?　見張りや伝令は一体何をしていた!!」

（……あれは、漆黒の軍馬……）

彼女が乗っているのは、山の中に溶け込む色合いの馬だった。

それからシオドアたち同様に、黒のローブを纏っている。夜の雨の中、数多くの馬車に紛れられてしまえば、偵察とて見落としてもおかしくはない。

けれどもこの場所に飛び込んできた女性の、大きく靡く朝焼け色の髪だけは、松明の僅かな灯りにすら鮮やかに輝いていた。

「……っ」

思わず息を呑んだシオドアの目前で、彼女が手綱を引き絞る。

「——さあ」

高く嘶き、両前脚を大きく掲げるようにのけぞった黒馬の上から、迷いのないまなざしが向けられる。

「会いに来てあげたわよ。シオドア」

「……アリシアさま……」

＊＊＊

『シオドアは、私の敵だわ』

シオドアが賓客の間を去ったのち、フェリクスの隣の椅子に腰を下ろしたアリシアは、俯きながらそう告げた。

『——彼はきっと今夜、仕掛けてくる。あの騎士がそう動きたくなるように、私もずっと準備をして来たもの』

『……』

唐突にこんなことを切り出しても、フェリクスにとっては寝耳に水のはずだ。

そう思って説明をしようとしたものの、フェリクスは王太子のための椅子に身を預け、こともなげに言った。

『お前が出入りしているあの村と、隧道か』

『！』

アリシアは驚いて顔を上げ、フェリクスを見る。

灰色をした彼の瞳に、特段の感情は映っていない。

『……気付いていたの？』

『お前はほぼ毎日、これみよがしにあの村へと出向いては、なにかと世話を焼いていた。不自然なほどにな』

『あら、そんな評価をされるのは心外ね？　困っている国民を助けるのは、王太子妃として当然のことなのに』

わざと微笑んでみせたアリシアに、フェリクスはこう返す。

『「王太子妃」を公にせず動きたいのなら、偽名のひとつでも使うべきだったな』

『……』

観念したアリシアは、そっと肩を竦めた。

『――シオドアの目的のために、きっと私は邪魔なのね』

そのことが、先ほどの会話でよく分かったのだ。

『そんな事実に気が付いた割には、泣き明かす素振りも見せないようだが』

『予め覚悟していたわ。だからこそ今日のために、あの村での準備を続けて来たの』

頻繁にあの村を訪れたことも、『隧道に近付かないように』という警告を入念に繰り返したことも、すべてはその一点に繋がってくる。

『この考えが正しければ、シオドアは私を城外に誘き寄せたいはず。なるべく夜の遅い時間、多くの騎士を動かすのは難しい状況下で、尚且つ私が絶対に駆け付けてくる理由によって……』

シオドアは優秀な騎士であり、戦略を立てる才能にも長けている。

彼の得意とする『防衛戦』で重要なのは、狙った場所に敵を誘い、半ば自滅に近い形へと追い込む心理戦だ。

『その条件に当て嵌まるのが、大規模な夜会の最中に発生する、王都の外での災害だわ』

そして、それがアリシアの懇意にしている地域であれば、シオドアにとって尚更都合が良い。

『そもそもティーナからの「贈り物」は、シオドアが唆した結果かもしれないと予想しているの』

『このレウリア国でさほど歓迎されていないお前が、それを自らの足で取りに行かざるを得なくなることを推測してか？』

『そう。たとえば本来は、私が道中で立ち寄った集落を気に入るのを見越して、夜会の晩にその集落を襲わせるのがシオドアの計画だったのではないかしら』

あくまで想像だが、それほど外れていない気もするのだ。

『長い距離の移動があれば、必ず何処かの村で休むもの。そのときに私が村で買い物をするなり、お散歩をするなりして、関係性を作るのを計算していたように思える……シオドアは、小さな頃の私をよく知っているのだし』

『しかしお前は結果として、道中にあった隧道の崩落を推測した。そんなことはまるで予想していなかっただろうな』

『そのお陰で、「作戦のために村が襲われる」なんて出来事は発生しなさそうでよかったわ』

シオドアは手段を選ばない。かつての彼はやさしかったが、今は変わってしまったのだ。

『私は村人に警告を重ねた。きっとシオドアは、「アリシアは、次の雨で隧道が崩落することを確信している」ということを把握しているはずよ』

『――ああ』

フェリクスは喉を鳴らすように笑い、曇り空を映し込んだような色合いの目を眇める。

『今夜、この後に、雨が降る』

『シオドアは何らかの理由をつけて、この夜会には参加しない。シオドアの侍従のふりでもして街に出て、隠している兵を動かすでしょう』

隧道の付近には近付かないようにと、村人には告げてある。人の気配のない山の中は、シオドアが戦線を敷くには好都合のはずだ。

『実際に隧道が崩落しても、しなくても、シオドアにとっては関係ないわ。崩落の情報を使って、私をあの場所に誘い出せればそれでいいのだもの』

『お前を殺すために、か?』

面白そうに笑うフェリクスに、アリシアはむうっと不服を示す。

『お手並み拝見とでも、言いたげな顔ね』

『言っただろう。あの男をお前の物に出来ないのであれば、この国の中で殺せと』

薄暗く笑うフェリクスの表情に、ぞくりとするほどの色気と冷たさが滲む。

『正当防衛の言い訳を、あの騎士が自ら用意したんだ』

『――――……』

この美しい男が放つ殺気に、アリシアは本能的な寒気を感じた。

『どうした。怖気付いたか？』

『……まさか』

アリシアは、静かに息を吐き出して目を閉じる。

『私の母は、私の幸福を願ってくれたわ。何処かの国の王妃となり、子供を産むだけでは幸せではないのだと、シオドアの前で何度も話していた』

『……』

『けれどもシオドアが語ったのは、お母さまの言っていたこととは正反対。フェリクスに愛されて健やかな子供を産む、そんな未来をフェリクスに約束させようとした』

仮にシオドアが母の言葉を忘れたのならば、わざわざ綺麗に真逆のことを願うはずもない。

『私の知るシオドアは、私の父と母の言葉を絶対に忘れなかった。だからこそ、あれは……』

覚えていて、わざとそう口にしてみせたのだ。

恐らくは、シオドアがアリシアの母の願いに背くという明確な目的が、滲み出たものだったのだろう。

『シオドアの目的は、予想が付いたわ。だから私は彼に抗い、どうあってでも止めなくては』

迷いを抱くつもりはない。それがあの国の王女である、アリシアの役割だ。

『私に剣を貸して。フェリクス』

立ち上がり、夫の前に立ったアリシアは、真っ直ぐな祈りを込めて彼に告げる。

『自害のための短剣ではなく、敵と戦うための剣を』

そうして今、夜目の利く黒馬を駆って山を抜け、シオドアの前に辿り着いたのだ。

雨の中ずぶ濡れのシオドアは、アリシア同様に黒いローブを纏っている。

しかし、その下がシェルハラード国の軍服であるという取り繕わなさに、予想の裏付けを見たような気がしてならなかった。

「会いに来てあげたわよ、シオドア！」

「……アリシアさま……」

アリシアを乗せた黒馬が嘶き、前脚を高く掲げる。手綱を手にシオドアを見下ろしたアリシアの周囲を、シオドアの部下たちが取り囲んだ。

「アリシアを逃すな！」

「馬の脚を切って、馬上から引き摺り下ろすんだ！」

「！」

看過出来ないその言葉に、アリシアはあぶみから片足を外す。もう片方のあぶみを踏み台代わりに跳び、襲い掛かろうとしてきた騎士へと剣を振り翳した。

「ぐ……っ!?」

騎士は咄嗟に剣を構えるが、当然強い衝撃だろう。アリシアの手をも痺れさせる剣の音が、山の中へと響き渡った。

(まだ!)

アリシアはすぐさま剣を引くと、その直後に騎士の間合いへと踏み込む。完全に不意をつかれた騎士の顎へと柄を叩き込み、黒馬を振り返った。

「乗せてくれてありがとう、あなたは逃げて!」

言葉が通じるはずなどないが、馬は嘶きながら山道を駆ける。傷付けずに済んだことにほっとする暇もなく、アリシア、ティーナさまの剣が襲ってきた。

「悪女アリシア、ティーナさまの敵め……!」

「————……」

すぐさま地面に膝をつき、真横に一閃された剣をかわす。一度低くなったその体勢を利用して、立ち上がりざまにぐっと間合いへ踏み込んだ。

「があっ!!」

柄を鳩尾に叩き込む一撃が、騎士に濁った悲鳴を上げさせる。そんなアリシアを見る騎士たちのまなざしが、明らかに変わり始めていた。

「なんなんだ、アリシアのこの剣技は……!」

雨の中でアリシアを包囲する彼らの構えが、牽制から攻撃のそれへと変わる。

「王女が遊びで習うようなものではない、気を抜くな！」

「シオドア隊長をお守りしろ！」

（残念。油断してくれていた方が、好都合なのだけれど……）

余裕の微笑みを崩さないまま、アリシアは内心で忌々しく思う。

（さすがに不利ね。だけど、戦うしかない）

「殺せ！　我らがシェルハラードの未来のため、アリシアを――……」

言葉がそこで途切れたのは、その騎士が地面に倒れたからだ。

「な……っ」

（……来たわね……！）

どしゃりと音を立てて、水たまりの中に騎士が沈む。仲間を気絶させた人物の姿に、他の騎士たちが呆然とそちらを見据えた。

「シオドア隊長……？」

「……まったく」

部下を斬り付けたシオドアが、血に濡れた剣を一度振る。

そしてシオドアは、そつのない微笑みを張り付けたその顔で、部下たちにやさしくこう告げた。

「どうやらお前たちは、私の命令に背くつもりらしい」

「で、ですが隊長……！」

「私以外がアリシアさまに対峙してはならないと、そう告げておいたはずだよ」

「…………！」

有無を言わさないその迫力に、二十六歳であるシオドアよりも年上のはずの騎士たちが息を呑んだ。

「アリシアさまのお相手は、私の役割だ」

「し……失礼、いたしました……!!」

彼らは気絶した仲間の襟首を摑むと、慌てて引き摺り移動させる。シオドアはそれに興味を示さず、アリシアの方に向き直った。

「お待ちしておりました。アリシアさま」

「あら。歓迎が足りないわね」

剣の切先をシオドアに向けて、アリシアは笑う。

「あなたの誘いに乗ってあげたのだから、もっと嬉しそうにして欲しいわ」

「申し訳ございません。こう見えても、非常に驚いておりまして……」

頭上から迸った雷が、シオドアの姿を鮮明に浮かび上がらせる。

「アリシアさまが、私の罠にお気付きだったとは。それならば、もしや……」

地響きのような雷鳴が、光より遅れて轟いた。シオドアはその目を眇め、挑発めいた問い掛けを向けてくる。

「私が、あなたを殺めにやってきたことも？」

「…………」

アリシアが返した沈黙を、シオドアは肯定に受け取ったのだろうか。

あるいは突きつけている剣尖に、覚悟が込められていることを見透かされたのかもしれない。シオドアはくちびるを微笑みの形にしたまま、その左手で自らの目元を覆った。

「……ああ……」

もう一方の右手が、シオドアの携えた剣の柄を強く握る。

「大きくなられましたね。アリシアさま……！」

「……っ！」

その直後、がんっ！　と重たい手応えを感じた。

アリシアは半ば反射的に、頭上へと剣を翳している。シオドアの剣が振り下ろされ、それを自分が咄嗟に受け止めたのだと、一秒ほど遅れて理解した。

「ですが生憎いまの私は、あなたの騎士ではありません」

「シオドア……！」

交差する剣越しに見据えたシオドアの瞳に、かつては存在しなかった暗い炎が見える。

「――我が望みのために、あなたを頂戴いたします」

（く…………！）

剣ごと一気に薙ぎ払われて、アリシアは咄嗟に後ろへと引いた。

ぬかるんだ地面の泥が撥ね、軸にした足が滑る。ざざっと後ろに流され、身を低くすることで重心を保った。

アリシアは口の端を上げ、警戒を絶やさないまま声を上げる。

「嘘つきね、シオドア……！」

周囲の騎士たちはアリシアとシオドアを取り囲んだまま、アリシアに剣の先を向けている。まるで闘技場か何かの舞台で、見せ物にでもされている気分だ。

「わざと盲信的に振る舞っているようだけれど、部下への態度で確信したわ。耳を塞ぐように命令しておかないと、私があなたの目的を喋ってしまうわよ？」

「おや、不思議なことを仰る。私の目的は、先ほどお話しした通りですが」

「いいえ。それは違うわ」

そんな目先の誤魔化しに、惑わされるつもりはない。左手を剣から離したアリシアは、片手の構えを取ったまま、首から下げている細い鎖を引き出した。

「あなたの目的。それは……」

胸の谷間から現れたのは、大ぶりの宝石にも似た飾りだ。

しかし、それは隠し刃の短剣になっている。アリシアはその細くて小さな刃を、自らの首筋に当てた。

「ひとつめは、何がなんでも私を生かすこと」

「――――……」

シオドアは余裕のある笑みを浮かべたまま、一切の動揺を見せることはない。

けれどそんなこと、アリシアにとってはどうでもいいのだ。

「だからあなたは、私が命を落とすようなことをさせたくないの。――パレードのため国に戻ることを反対したのも、フェリクスに私の幸せを願ったのも、そのためでしょう？」

「不可思議なことを仰るのですね。それではたったいま、私があなたに剣を向けているのは何故でしょう？」

「もちろん、私を守るためよ」

第三者がこの発言を聞いていれば、アリシアをおかしな目で見ただろう。事実、周囲の騎士たちは戸惑いを浮かべたり、アリシアを警戒するように睨みつけている者ばかりだ。

「私が故国に戻る意思は固く、言葉では説得出来ないとあなたは感じた。だからこそ、説得失敗時のために計算しておいた作戦に移り、私をここに誘き出した――……」

「……」

「叔父さまの刺客にも、ティーナの刺客にも、私が殺されないように」

かつてのシオドアがどのような少年だったか、アリシアはちゃんと知っている。

シオドアがどんな人生を送ってきたとしても、どんな風に経験を積んできたとしても、彼の中で変わらないものがあると信じている。

（もちろんそれは、私への情なんかじゃない）

シオドアにとって揺るぎないものは、アリシアの両親への忠誠だ。

「あなたは何があっても、私のお父さまとお母さまを裏切らない」

「…………」

「そして、そのために……」

アリシアは、シオドアを味方だとは思わない。

「最低限『命さえ無事』であれば、私に何をしてもいいと考えている」

「…………っ、は」

シオドアが何かに耐えかねたかのように、左手で自らの目元を覆った。

「はは。……はは、ははははっ！」

「た、隊長……？」

こうして笑い声を上げていても、斬り掛かる隙が生まれない。シオドアは集団戦を得意とするだけではなく、一流の剣士でもあるのだ。

「さすがはあのおふたりの愛娘（まなむすめ）。聡明（そうめい）な女性に成長なさって、嬉しく思いますよ！」

「もう一度おねだりするわ、シオドア。結婚して幸せになった私の姿を、両親の墓前に見せたいの」

「ご冗談を。あなたはパレードに乗じて国に戻り、悪戯を目論んでいらっしゃるのでしょう？」

再び鳴り響いた雷鳴と共に、鮮烈な光が辺りを照らす。

「困ったものです」

浮かび上がったシオドアの双眸に、青空のような晴れやかさは存在しない。

「一体あなたは、どのような道をお通りになるおつもりやら……」

（……やっぱり、隠し通路の存在を……！）

アリシアは余裕の笑みで取り繕うものの、雨の雫とは違った冷や汗が頬を伝う。シオドアは再び剣を握り込むと、静かな声でこう言った。

「主君をお諫めするのも、臣下たる者の大切な役目。あまりお転婆をなさるようでしたら、あなたを閉じ込めておかねばなりません」

シオドアの向けてきた剣先が、先ほどまでとは違う冷たさを帯びる。その場を凍り付かせるほどの緊迫感と共に、シオドアがゆっくりと言葉を紡いだ。

「――たとえ、その手足を切り落としてでも」

「………っ」

ぞくりと走ったその寒気は、生物としての本能的なものだ。

殺気にも似たそれにアリシアが反応したことを、シオドアは当然察している。

「痛い思いをなさるのがお嫌でしたら、どうか悪戯は諦めてくださいさい。――そして、生涯ご夫君に守られながら、幸せに生きてください」

「私はあの国の王女なの。城でのうのうと生きる人形に成り下がるのなら、私が生まれてきた意味などないわ」

「そのようなことはございません。お願いですから、私を信じてはいただけませんか？　必ずや叔父上のお傍で機会を探り、先王陛下ご夫妻の無念を晴らしてご覧に入れましょう」

「お断りよ。シオドア、いまのあなたと私は相入れない」

アリシアが目指している『玉座奪還』の姿は、王女としての責務を果たし、国民が笑っている幸福な国を作ることだ。

けれど、シオドアは無念を晴らすと言った。

「シオドア」

アリシアは強い警戒と共に、自身の考えを口にする。

「あなたは、あの国を滅ぼすつもりでいるでしょう」

「……っ、は、ははははっ!!」

シオドアが心底おかしそうに笑う光景は、アリシアから見れば異様だった。

一方で周囲の騎士たちは、アリシアにますます強い怒りを注いでくる。

「隊長が、シェルハラード国を滅ぼすだと!?」

「どこまで侮辱する気だ……!」

しかし彼らのそんな言葉は、シオドアの視線によって遮られる。

「──邪魔だよ」

「……っ」

シオドアは、ぞくりとするほど冷たい目で部下を睨んだ。

「お前たちは退がっていろ」

「し、失礼いたしました……!」

アリシアはシオドアを注意深く観察しながら、改めて剣を握り込む。

雨の中、松明と雷光だけで描かれる視界の中で、シオドアの瞳が妙にはっきりと浮かび上がっていた。

「……どうして、お父さまとお母さまの守りたかったシェルハラード国を壊すの」

胸の内側から燃え上がる感情は、却ってアリシアの集中を研ぎ澄ます。

「子供だったあなたが誓ったのは、騎士としてあの国を守ることでしょう……！」

「私の誓いは、先王ご夫妻の御心(おこころ)のままに仕えること」

僅かに首を傾げ、シオドアは笑う。

「おふたりが何より大事になさっていたのは、国民とあなたさまです。ですから、国ひとつ、滅んだところで……！」

「！」

次の瞬間、シオドアがアリシアに向かって一直線に踏み出して、真上から剣を振り翳した。

「それが一体、なんだというのです!!」

「……っ！」

眼前で激しく交わった互いの剣が、金属音と火花を散らす。

「あなたのご両親は、国という器など重視なさいませんよ……！　どんな場所で生きようと、そこに幸せを見出(みいだ)すことは出来る。きっと、そうお考えになるはずです！」

「壊された国の中にいる人たちに、どれほどの苦難が立ちはだかると思うの！」

アリシアはシオドアの剣をなんとか受け流し、後ろに飛んで体勢を直しながら、彼に叫んだ。

「シェルハラード国が崩壊すれば、他国がそれを貪るだけだわ！」

重心を下げ、濡れた地面を強く蹴る。雨粒の散る中、再びシオドアの間合いに踏み込んで、彼の腕を狙おうとした。

けれども左側から、アリシアの脚を狙った一撃が空を切る。咄嗟に剣を翻し、盾のように体側面へと翳して、辛くもそれを防いだ。

「国が無くなれば、奪われて終わるの！　領土も文化も技術も、国民も……!!　国が消滅するのではなく、新たな国に成り替わるだけよ……！」

シオドアは本当に、アリシアの両脚などを切り落とすつもりだ。それこそが、両親の願いを叶えるために、アリシアを『安全な場所』へと留める手段なのだろう。

（フェリクスの言った通り。シオドアを味方に出来ないのであれば、取るべき手段はひとつしかない……）

分かっているからこそアリシアは、ここで退(ひ)くことなど出来ない。

「国を壊しては、国民を守れないわ！」

すかさず身を引いて突きを繰り出すが、それはシオドアの剣によって押し留められた。

「シオドア、あなただって分かっているはずでしょう!?」

「――それでも」

シオドアと間近に視線が合う。

「いまのあの国で生きるよりは、幸福ですよ」

「……っ！」

笑みを浮かべた彼の双眸は空虚で、それこそが感情を雄弁に語っていた。

アリシアと交差したその剣を、シオドアが真横に薙ぎ切る。男女の力の差がある中、アリシアの重心はそれだけで崩れ、体勢を崩してしまった。

（腕……！）

シオドアに摑まれそうになった瞬間に、すかさず立て直しそれを躱す。アリシアのその動きを目の当たりにして、騎士たちが声を上げた。

「アリシアさまのあの動き……本当に、王女のものなのか!?　速度も瞬発力も動きの正確さも、並大抵ではない……！」

「下手な騎士よりもよほど強いぞ!!　シオドア隊長とあそこまで渡り合うとは……」

華やかな夜会で踊る代わりに、手を傷だらけにして剣術を学び続けたのだ。騎士たちの声が耳に入らないほど、アリシアはシオドアに集中していた。

「おやさしい、アリシアさま」

それでも、やはり剣だけを一心に鍛錬し続けたシオドアには、どうしたって最後の一手で及ばない。

「国政とは、誰かに裏切られ、誰かを犠牲にしながら行なってゆくもの」

「っ、く……」

「あなたに、あの国を治めることは出来ません」

「決め付けられる筋合いは、無いわ……！」

アリシアがシオドアの喉に繰り出した突きが、ほんの僅かな動きで回避される。更にはその体勢を逆手に取って、太腿(ふともも)を切り落とされそうな気配を感じた。

「――――！」

「いいえ」

剣を頭上に振り上げ、辛うじてその一撃を防ぐ。

「あなたの甘さは、明らかですよ」

「何を……」

肩口に振り下ろされそうだったシオドアの剣を、真横に構えた剣で押し留めながら、アリシアは顔を顰(しか)めた。

「私はどのような手でも使います。あなたと違って」

「――隊長！」

そのとき、山を抜けてきたらしき騎士のひとりが、アリシアたちの居る開けた場所に飛び出して叫んだ。

「伝令です。作戦はつつがなく、ご命令通り!!」

「命令……」

聞きたくもない報告を予感し、アリシアはぐっとくちびるを結ぶ。

「この近辺にある村を、包囲完了いたしました！」

「っ、は、はははははは!!」

「……シオドア……！」

高らかに笑ってみせるシオドアを、アリシアはまっすぐに睨み付けた。

「これで分かったでしょう！　あなたには冷酷さが足りない。国を治めるに足る非道さも、覚悟も……!!」

「…………」

「あなたがこれ以上抗うのであれば、村に火を放ちます。これが脅しではないという証明に、ひとりずつ子供を殺していっても構いませんよ」

そう言って、シオドアは突然にやさしい微笑みを浮かべるのだ。

「さあ、良い子のアリシアさま」

その声音は、幼かったあの日と変わらないままだ。

「どうか、忠実な臣下の進言をお聞き入れください」

「──……」

その双眸には、松明の炎が映り込んで揺らいでいる。

「……やっぱり」

アリシアは、小さな声でこう告げた。

「こうしてあなたに会いに来て、よかったわ」

「……？」

アリシアが真っ直ぐにシオドアを見据えたのが、それほど意外だっただろうか。

「覚悟という言葉で自分を追い詰めて、奮い立たせていることが分かったもの」

ずっと、奇妙に感じていたのだ。

「あなたの取る戦略は、不必要なまでに残忍すぎる。まるで、そういった汚れ役を負わなければ許されないのだと、自分を責めているみたいに」

「……アリシアさま？」

アリシアは意を決し、周囲を取り囲む騎士に向けて声を上げた。

「ねえ、あなたたちもそう思うでしょう!?　普段のシオドアはとてもやさしいはず。それなのに戦場では、人が変わったかのように非道な振る舞いをすることがあるのではない？」

「……そ、それは……」

シオドアの部下たちが動揺を見せた。その反応から、彼らの中にもそんな思いがあることは明白だ。

（平時のシオドアが、部下にとても細やかに目を掛けている事実は、私の耳にも届いていたほどだわ。彼らのシオドアへの忠誠心の高さからも、それは間違いないはず）

アリシアは、目の前のシオドアを冷静に睨む。

「私を脅す程度であれば、村人を数人攫(さら)ってくれば事足りるわ。それなのに人手を割いてまで、村を丸ごと包囲したですって？　国外での振る舞いとは思えない、人員を潤沢に使った戦術ね」

シオドアの剣を防ぎ続けているアリシアの剣は、力を込め過ぎたことによって小さく震えている。しかし、ここで退く訳にはいかない。

「その上にこんな雨の中、火を放つなんて非効率的な脅迫を口にする……炎を仄めかしたのは、それが最も鮮烈な印象を残すと知っているからでしょう。事実あなたの噂話では、砦の焼き討ちがよく語られているもの」

「……」

「つまりあなたは、『戦略として効率的だから』残忍な振る舞いをしている訳ではない。残忍に振る舞うこと、それこそが目的……」

交差したシオドアの剣に、僅かな揺らぎが見える。

「そのことが、よく分かったわ」

「……一体何を仰られるのかと思えば、奇妙なことを……」

雷光と音の間隔が、どんどん短くなっている。雨の勢いも増し、隧道の入り口から漏れ出てくる雨水の量が、小さな川のようになっていた。

「これは私の騎士道です。主君の願った未来のために、最善の道を選んでいるに過ぎません……！」

「いいえ！」

アリシアが渾身の力を使って押し戻せば、彼は数歩ほど後ろに退いた。

シオドアが後ろに退がったのは、これが初めてだ。

「頭では、それが間違っていることを理解している」

「……お戯れを」

「あなたは、お父さまとお母さまを救えなかった自分を罰する手段として、そんな手段を選んでいるだけだわ」

「……っ」

その瞬間、シオドアが一気に間合いへと踏み込んできた。

「罰せられるべきなのは、当然でしょう……！」

地面のすれすれを滑る剣先が、下から襲い掛かってくる。右腕を狙ってくる一撃に、アリシアは僅かに半身を退いた。

「陛下に襲い来る凶刃。あの城の中で、私がお守りするどころか、無様にも守られる側に回り……!!」

重心をすかさず後ろに移し、シオドアの懐から逃れる。そのまま演舞のようにぐるりと回り、飛び退くため剣を真横に振り切った遠心力を利用して、シオドアの肩口に叩き込もうとした。

「その所為で、陛下は命を落とされた……」

シオドアの剣が、アリシアの剣を防ぐために翳される。

「私が弱いから、守れなかった!!」

「————……」

剣同士がぶつかる音が、雷轟よりも重く響いた。

(『私が弱いから、守れなかった』)

シオドアが先ほど口にした言葉が、指先の痺れと共に心を締め付ける。アリシアも、そんな言葉が脳裏に響いて、眠れない夜が幾晩もあった。

『……私ではふたりを守れなくて、ごめんなさい……』

夢の中の両親は、その懺悔に微笑んでくれはしない。

それどころか、両親の姿をした幻が、アリシアを恨んで責め続けることもあった。

（お父さまたちがそんなことを言うはずがないと、目覚めなくとも分かるはずなのに）

そんな日々を、シオドアも過ごしてきたのだろう。

「私に残された贖罪は、おふたりの大切な国民を、あの男の支配から解放すること」

シオドアの呼吸が上がっていることに、アリシアは初めて気が付いた。

雨の中、雷光が照らし出すシオドアの影は歪んでいて、ひどく不安定なようにも見える。

「そのためなら、あの男の犬にでも成り下がります。ですがその中で、あなたの命だけは、お守りしなくてはならない」

アリシアにとってフェリクスとの婚姻は、戦う力を得るためのものだった。

しかしシオドアにとって、アリシアが戦うということは、アリシアの危機という不都合に値するのだ。そのために、妃冠の儀という口実を利用してまで、アリシアの下にやってきた。

「たとえ、その末に」

切先が、アリシアに真っ直ぐ向けられる。

「他国の領土を焼き、生涯あなたの自由を奪うことに、なろうとも」

「…………」

本当に、随分と歪んでしまったものだ。

「アリシアさま。あなたが諦めてさえ下されば、このような手段を使う必要もないのですよ?」

「――諦めないわ。私は必ず故国に帰り、あの叔父から玉座を奪還する」

「言ったでしょう、村に火を放つと。……あなたが関わってしまったばかりに、無辜の民が巻き添えになることを、良しとされるのですか?」

「…………」

それが脅しではないのだと、シオドアの双眸が語っている。

アリシアは、濡れて滑りそうになる柄を強く握り込みながら、半ば独り言のような声音で呟いた。

「ずっと、怖い夢を見ていたの」

「……?」

再び走った雷の光が、ぬかるんだ地面や倒木を照らし出す。地面を激しく叩く雨は、アリシアの肌も冷たく濡らした。

「幸せだった日々が壊れて、あの日の血まみれになった玉座が映り、何も出来ない私が泣き喚く夢。……何も出来なかった私への、罰のような悪夢」

「あなたの何処に、責められる理由があると仰るのです?」

シオドアの言葉に迷いは無い。恐らく彼は心から、アリシアにあの日の責任はないと考えている。

アリシアから見たシオドアが、まったく同じであるようにだ。

「……そんな人、夢の外には何処にもいないわ」

この国で初めて熱を出した夜、悪夢を見ているアリシアに、フェリクスはそう教えてくれた。

「私の所為だと責めるのは、世界でただひとり私だけ」

「……！」

父も母も、アリシアも、あの日のシオドアを責めてなどいない。

アリシアが言わんとしていることに、シオドアは察しがついたのだろう。

「……これ以上、無駄な議論を続けるおつもりで？」

「あなたもそのことに気が付かなくては、自罰心で目が曇るばかりだわ。本来やるべきことを見失い、迂遠な道を歩み続ける人生だなんて、悪夢と同じよ」

そしてその夢からは、自分の力で覚めるしかない。

「私を守るなんて綺麗事を理由にすることは、もう許さないわ」

「……」

アリシアは、フェリクスから借り受けたその剣を構え、真っ直ぐに告げる。

「いまの私が望むのは、守ってくれる盾ではなく、共に戦ってくれる剣なの」

「……っ」

その直後、シオドアの剣先が眼前に現れた。

（～～～っ!!）

すんでのところで剣を翳し、それを押し留める。しかしシオドアはアリシアの手首を掴むと、強引に彼の方へと引いた。

「うあ……っ！」

「ここまでです。アリシアさま」

アリシアの手首の骨の窪みに、シオドアの親指が食い込んだ。強引に手を脱力させられて、濡れた地面に剣が落ちる。

「これからあなたを『安全な場所』にお連れして、そこで片脚を頂戴いたしましょう。この雨の中で処置を行なっては、命に関わるかもしれませんので」

「っ、馬鹿ね、シオドア……！」

アリシアは、首から下げた隠し刃を手に取った。切先を当てるのは、アリシア自身の首筋だ。

「私が大人しく、従うと思うの？」

「――伝令を出せ」

シオドアは地を這うように低い声で、周囲の部下に告げる。

「村に火を放てと。この雨でも、一軒ずつ燃やして回れば容易いだろう」

「た、隊長。しかし……！」

「これは、我らが祖国の民を守るための、崇高なる作戦の一環だ」

アリシアの手首を摑む力が、ますます強くなった。

（こんな馬鹿げたシオドアの命令に、従うべきか迷っている……。ここにいる騎士たちは、シオドアを心から尊敬しているんだわ）

このままでは、間違いなく伝令が下されるだろう。

「シオドア……！」

「早くしろ！」

「は、はい……！」

騎士たちの駆け出す音が、雷の音に掻き消される。

「――そして、アリシアさま」

シオドアは微笑み、アリシアの手首を強く引いた。

「その短剣をこちらに。でなければ」

「……っ」

シオドアの持つ剣が、振り翳される。

「剣を握れないお体にするしか、ありませんね……！」

「…………！」

そのときだった。

「――何をやっている？」

「‼」

冷静な声が、アリシアの耳に届く。

直後、美しくまっすぐな銀色の剣が、雷光を受ける輝きが見えた。

「遅い」

「あ……」

シオドアが咄嗟に翳した剣が、『彼』の一撃を辛うじて止める。

「…………っ！」

辺りが光に満ちると共に、凄まじい轟音を放ちながら、雷が空から降り注いだ。

（……落雷。まるで、この人が呼んだみたいな……）

「こんなところで悠長に、遊んでいる場合か？」

切れ長なその双眸と、色気を感じさせる目元の黒子が、かんばせの美しさを殊更に強調させている。

突如現れたその男は、対峙するシオドアの切実さに反して、何処までも涼しい顔をしていた。シオドアと剣を交えたその青年は、アリシアの方を一瞥することすらなく、事も無げにこう言い捨ててみせるのだ。

「さっさと殺せと言ったはずだ。――アリシア」

「……フェリクス……!!」

アリシアの美しき夫フェリクスは、ローブで姿を隠すことすらない堂々とした振る舞いで、その場所に立っていた。

（いいえ、勇気づけられている場合ではないわ！）

地面に座り込んだアリシアは、すぐさまフェリクスに尋ねる。

「あなたがここに来てくれたということは、村は無事ね!?」

「当然だろう。面倒だが馬を走らせて、わざわざ俺が向かってやったんだ」

「村……?」

フェリクスと剣を交差させたシオドアは、問い掛けの意図に気が付いたようだ。恐らくは先ほど、村を盾にして脅迫されたアリシアが動揺してみせたのも、これで演技だと悟られただろう。

「……まさか」

「あそこに居た騎士どもは、お前の手駒か?」

フェリクスは目を眇め、シオドアにわざとらしくそう尋ねる。

「俺と戦争をやるつもりなら、まともな『精鋭』を連れて来い」

「それは、失礼……!!」

盾にした剣を押し上げたシオドアが、フェリクスの剣を捌く。

彼らの剣同士が擦れ、しゃんっと鈴のように鳴った。シオドアはその瞬間真横に振り切った剣で、フェリクスの体側面を裂こうとする。

「フェリクス！」

しかしフェリクスは怯まない。自らの剣先がシオドアに撥ね上げられた、その勢いすら利用して、瞬時に剣の向きを変えた。

フェリクスが取ったのは、防御の動きですらない。

「!!」

彼の操る剣尖は、シオドアの喉元を真っ直ぐに狙ったのだ。

「く……！」

反射的に翳されたシオドアの剣が、喉を突こうとした切先への盾となる。火花が散り、凄まじい音が辺りに響くが、フェリクスの顔色は変わらなかった。

（強い！）

小手先だけで剣を扱うのではない。フェリクスの繰り出す一撃は、そのどれもが重厚で的確なのだ。

だが、その剣技に見惚れている場合ではない。隧道のある崖から落ちてきた小石が手に当たると同時に、フェリクスから名前を呼ばれた。

「――――アリシア」

「！」

シオドアと数秒ほど打ち合った彼は、飽きたとでも言わんばかりに攻撃を辞める。剣を構えたシオドアを前に、悠然とした振る舞いで口にする。

「わざわざ見届けに来てやったのに、いつまで俺に押し付けている」

「……っ」

シオドアに手首を強く握られて、指に力が入らない。けれどもそんなことを言い訳にして、戦うことをやめる訳にはいかなかった。

「手ぬるい児戯に、付き合う暇はないぞ」

冷たいまなざしが、アリシアに向けられる。

「その程度で、俺の共犯を名乗る気か？」

「…………！」

フェリクスに思わぬ言葉を告げられて、アリシアは目を丸くした。

（……誓約は、フェリクスの中に残っているわ）

手の痺れなど悟られないように、ゆっくりと泥水の中から立ち上がる。

（私がこの場で対峙しなくてはならないのは、シオドアだけじゃない）

フェリクスに窮地を救われるだけの『妃殿下』では、欲しいものなど手に入らないのだ。

「当然、次の手だってあるのでしょう？　シオドア」

「……ふ」

凄まじい光を放つ雷が、すぐ傍まで迫っているのが分かる。雷光の直後に轟く音は、まるで地響きのようだった。

「ふふ、ふ……！」

浅い呼吸をするシオドアが、肩を震わせながら笑っている。

「本当にご立派になられました、アリシアさま……！　ご夫君と連携しての戦い方、仲睦まじくいらっしゃって何よりです！」

「……あなたに話していないことがあるわ。シオドア」

頃合いが迫っていることを悟り、アリシアは落とした剣を拾い上げた。

「お父さまやお母さまさえも、あなたに秘密にしていたことよ」

「は……？」

大きくなった雨音に掻き消されて、この距離なら騎士たちには聞こえない。アリシアはその声量を計りながら、シオドアに告げた。

「私には、未来が分かるの」

「……何を……」

動揺に揺れたシオドアの目が、はっとしたように見開かれる。『神秘の血』にまつわる伝承を、シオドアだって聞いたことがあるはずだ。

「数日前にこの場所で、何が起こるかの未来を見たわ。あなたは援軍を呼んでいて、それが間も無く到着する手筈になっている」

「……」

本当は決して『見た』のではない。シオドアがそういった戦略を好むのだと、故国にいた頃の情報収集で知っていた。

「そしてその援軍は、この山の西側を通過するわね？」

そんな光景も、決して未来視で見たものではなかった。

シオドアの援軍はどうあっても、この山の西にある道を選ぶしかないのだ。軍隊とは大人数が一斉に移動する性質上、細く脆い道をゆっくり進むことは出来ない。

行軍に時間を掛けることは、兵の体力や兵糧の問題にも繋がってくる。だからこそアリシアは、隧道崩落に備えるための知識として、入念に情報を撒き育てた。

(『隧道がもうじき崩れる』という緊急性の高い情報は、なるべく聞いたままを正確に保たれながら、村人や旅人に広まってゆく)

それがレウリア国の情報を探るシオドアの耳にも入り、部下への指示にも影響しただろう。

「あなたが村を包囲して私を脅迫することも、本当は未来視で分かっていた。だからフェリクスにそれを伝えて、騎士を排除してもらったの」

「……」

(本当は違うわ。私の動きを封じるために効果的な脅迫方法を、私だからこそ分かっていただけ)

しかし、シオドアだって同様の考えに辿り着く確信があったからこそ、フェリクスに村の危機を伝えたのだ。

(フェリクスは、私がシオドアとの決着を長引かせたことを叱った。……フェリクスの目にはきっと、私が情ゆえに迷ってしまって、なかなか踏ん切りが付かなかったかのように見えたわね)

隧道の据えられた崖から落ちてくる石が、どんどん大きなものになってくる。

(だけど、ようやくこの時が来たわ。……シオドアと長々斬り結び、時間を稼ぐことが出来てよかった……)

アリシアの目には先ほどから、顕著な『兆候』が見えていた。

「シオドア」

そして聞こえる音が大きくなったそのとき、アリシアは微笑んでシオドアに告げる。

「あなたの作ろうとした未来は、私によって壊されるの」

「……まさか」

雷のそれとは明らかに違う、異質な轟音が辺りに響く。

「────!!」


その瞬間、隧道の崖が崩落して、噴出した土砂が斜面へと流れ落ちた。


「な……」

目の前で起きた土砂崩れに、シオドアと部下たちが絶句する。飛び散る泥の飛沫(ひまつ)、地震のような震動に、アリシアも僅かに目を眇めた。

（分かっていたけれど、凄まじい力……！）

隧道を押し潰しながら崩れた崖は、山の傾斜に従って東側へと崩れ落ちてゆく。土や石は何もかもを飲み込む濁流となって、いくつもの木々を薙ぎ倒していった。

この状況へ持ち込むために、いくつも手立ては用意していたつもりだ。しかし圧倒的な大自然の強さに、人間なんかが抗えるはずもない。

実際にこのタイミングで崩落が起きたことは、信じられないほどの幸運だったと言える。

『ザカリー』

アリシアは今日の日中に、こんなことを告げていた。

『ひとつ、あなたに命じたいことがあるの』

『……？』

ティーナの刺客だった元傭兵が、アリシアの言葉を随分と素直に聞いてくれたものだと思う。

『今夜、間違いなく強い雨が降るわ。あなたは隧道のある山に向かい、隧道だけではなく、東側に迂回する山道を通ろうとする通行人も止めて』

『……』

『それからもうひとつ、お願いしていいかしら？』

アリシアが取り出したものに、ザカリーはぎょっとした様子を見せた。

『隧道の周り――特に東側の傾斜付近にある大きな木を、念の為に切り倒しておいてほしいの。数本でいいわ、あなたが危なくない程度にね』

『待て。なんのために、そんなことをする？』

『地面にしっかり根を張る木々は、土砂崩れを堰き止めることがあるわ。なるべくその勢いを殺したくないの』

そう告げてアリシアはザカリーの枷を外し、彼を自由にさせたのだ。

（……ありがとう。ザカリー）

ザカリーがアリシアの命令に従って動いたかどうかは、辺りに転がる数本の倒木を見れば分かる。

きっと東側の斜面を見れば、もう何本か倒れていたのだろう。

（この様子なら、迂回路に誰も侵入出来ないようにしてくれていたはず。巻き込まれた人はいない、けれど）

アリシアとシオドアにとっては、重大な状況が完成しているのだ。

「シオドア」

崩落した崖を前にして、アリシアは真っ直ぐに騎士へと告げた。

「──あなたの援軍が、村やこの場所に辿り着くための道は、失われたわ」

「……アリシアさま……」

シオドアがアリシアに向けたまなざしは、知らない少女を目の当たりにしたかのような驚愕を帯びている。

（あなたの中での私はきっと、いつまでも無力で小さな子供のままだった。でもね）

この隧道の崩落には、シオドアの援軍を封じること以上の意味があったのだ。

アリシアの中に、フェリクスの言葉が思い起こされる。

『その男を味方に引き入れろ。それが出来ないなら、国への帰路に就かせるな』

フェリクスは、紛れもない正論をアリシアに命じた。

『──必ず捕らえ、この国の中で殺せ』

フェリクスに借り受けた剣を握り締め、アリシアはシオドアに対峙する。

（『今』の私を見なさい、シオドア。そして）

アリシアが一歩踏み出す動きに、シオドアが僅かに遅れた。

（――あなたが守ろうとした『小さなアリシア』が、もう何処にも居ないのだということを、思い知りなさい）

そのまま彼の懐に飛び込んだアリシアは、銀色の剣を振り翳す。

「く……っ!!」

剣同士のぶつかる音が、再び高らかに響いた。

「予知されていたと仰るのですか。私の策も、隧道の崩落も、土砂が援軍を阻むことまで！」

「これで分かった？　私はこの力を利用して、あの国の玉座を奪還する！」

「……！」

シオドアの剣に迷いが滲む。

そんなアリシアたちの斬り合いを、冷静に見据える視線があるのだ。

夫からのまなざしを感じつつも、アリシアは考える。

（フェリクス）

（これが、あなたの手に入れた私の価値。あなたの得た妃は、軍の形勢をも逆転し得る力を持つ）

胸の中で、半ば祈るように唱えた。

（――どうか、そう騙(だま)されて）

「………」

未来視が残りたったの二回しか使えない事実を、フェリクスにも見抜かれる訳にはいかない。そのためにアリシアはこの先も、フェリクスを欺き続ける必要があるのだ。

「アリシアさま……」

アリシアの剣を受け止めたシオドアが、無理矢理に笑みを作って言う。

「確かにお強くなられました。ですが、あなたと私では、潜ってきた場数が違います！」

「…………っ」

シオドアの挑発は否定出来ない。事実アリシアの心臓は爆ぜそうな脈を打ち、何度も打ち合った手の痺れは、剣を握るのに支障をきたしつつあった。

「見たところあなたのご夫君は、これ以上あなたを助けるおつもりはないご様子。このままなら、確実に、私が勝ちます」

「シオドア……」

「……ほら！」

「‼」

下から撥ね上げるように剣を弾かれ、アリシアの剣筋が狂う。

その瞬間に笑ったシオドアが、頭上に剣を振り翳した。その刃が、アリシアの肩口にめがけて振り下ろされる。

（防げない……）

未来視などしなくても明白な予想に、アリシアは息を呑んだ。

（――腕が、落とされる）

「……ちっ」

フェリクスが動く気配がする。

アリシアはその瞬間、誰かに助けられるのを待たず、即座に次の行動を取った。

「な…………っ!?」

アリシアは身をずらし、シオドアの間合いに飛び込んだ。

刃の下に曝け出すのは、狙われた腕や肩口ではない。心臓が脈打つ左胸を、わざとシオドアの剣の前に差し出したのだ。

「――――……っ!!」

シオドアの剣が、ぴたりと止まった。シオドアが殺せないことを逆手に取ったアリシアは、自らの剣を握り直して告げる。

「冷酷さと覚悟が足りないのはどちらかしら、シオドア！」

「く……！」

その瞬間振り払ったアリシアの剣が、シオドアの剣を弾いて遠くに飛ばした。

「隊長!!」

シオドアに手出しを禁じられていた騎士たちが、一斉に剣を手にしようとする。

しかし彼らのその動きを、フェリクスが強い視線で制したのが分かった。アリシアは構わずシオドアを組み伏せると、その体に跨がって首筋に刃を当てる。

そして、一切の迷いを含まずに告げた。

「――私はあの国の玉座を奪るわ。シオドア」

「……アリシア、さま……」

「体の自由を奪われても、どんな目に遭っても、絶対に折れることはない。あなたが国を滅ぼしたいと願うなら、それを阻む私を殺すしかないの」

「……っ」

シオドアの首筋の脈打つ場所に、アリシアは刃の腹を当てた。

「あの国を守るためなら、あなたを殺す覚悟だってある」

「────……」

ぬかるんだ地面から見上げてくるシオドアが、アリシアを見て目を眇める。

僅かに弱まり始めた雨の中、シオドアはそのくちびるに、微笑みを浮かべてこう言った。

「私がお傍を離れてから、随分とお強くなられたのですね。アリシアさま」

「……！」

その声の響きは、アリシアが知るかつてのシオドアとなんら変わらない、やさしいものだ。

「もっとも。あの男の犬に成り下がり、成長をお手伝いすることの出来なかった私が言うのは、おこがましい話ですが」

「……シオドア……」

アリシアは眉根を寄せ、そっと首を横に振った。

「私の味方を排除することは、叔父さまの目的だったのだもの。あなたが気に病む必要なんて、どこにもない」

「そのように、寛大なことを仰らないでください」

シオドアは、仕方のない子供を見守るような笑みを浮かべる。

「……私はあのとき、亡き国王ご夫妻の願いのために、あの男の騎士になると決めました。国を滅ぼすことになろうとも、国民が幸せであれば構わないのだと……」

雨に掻き消されそうなシオドアの声が、わずかに震えた。

「ですがそれは。自身を正当化する言い訳であったに過ぎないと、今なら分かります」

「……シオドア」

その瞼が、ゆっくりと閉じられた。

「私が選んだのは、ただの復讐です。ご夫妻の願いであれば、どんな手段を使っても果たす必要があるのだと……」

「…………」

「その手段、あの男を殺して国を滅ぼすことこそが、自身の最大の目的だったというのに――ですが、おふたりの血を引く娘であるあなたが、こうして立派に成長なさった上、未来視の力まで得て『国を守る』と仰った」

自らの歪みを認めて笑うシオドアの表情には、自嘲と諦観が交ざっていた。

「……あなたの存在と志を前にしては、私の言い訳などは、詭弁ですね」

「…………」

アリシアは、シオドアの首筋に突き付けた剣の角度を変える。

「私はあなたを殺す覚悟があるわ。シオドア」

「……ええ。アリシアさま」

彼がゆっくりと目を開けば、青空の色をした双眸が見えた。

「あなたの手に掛かるのでしたら、本望です。あの男の犬である私を、どうかお望みのまま――」

アリシアは静かに目を細め、一度シオドアの首筋から剣を離すと、突き立てるような垂直の形にそれを構えた。

(私の騎士になるはずだった人。……まるで、本当の兄のような……)

彼の喉笛に狙いを定め、剣先を定める。

シオドアは、その瞬間ですらも微笑んでいた。彼が再び目を閉じたのを受けて、アリシアは剣を持ち上げる。

そして勢いをつけ、一気に剣尖を真下へと下ろした。

「隊長!!」

「――……」

再び雷鳴が鳴り響く。

次の瞬間、アリシアの構えた剣の先は、シオドアの喉を裂く前にぴたりと止まっていた。

「……アリシアさま……?」

「………」

寸前で止められた剣は、シオドアの皮膚へ触れている。

薄く傷を付けられたその皮膚から、赤い雫が一粒溢れた。アリシアはその血を眺めながら、シオドアに向けて告げる。

「叔父さまの犬だった騎士のあなたは、ここでいま私が殺したわ」

「……！」

シオドアの双眸が、信じられないものを見るかのように見開かれた。

「あの日、お父さまとお母さまを守れなかったシオドアも。それからの日々を、叔父さまのもとで生きてきたシオドアも。……全部、ぜんぶを私が殺めたの」

「……何を……」

「だから、シオドア」

彼の首筋を伝った血が、雨によって洗い流されてゆく。

「あなたはもう、復讐も贖罪も果たさなくていい」

「………！」

シオドアの瞳が、知らない言葉を聞かされたかのように大きく揺れた。

「あなたがそれでもなお、私の道を阻むと言うのなら、そのときは本当にあなたを殺すわ」

「……アリシアさま」

アリシアはシオドアから剣を離すと、立ち上がって一歩後ろに退く。

「だからお願い。シオドア」

小さな頃、シオドアはいつかアリシアを守る騎士になるのだと、父や母から聞かされていた。

彼を本当の兄のように慕いながらも、その日が楽しみで仕方がなかったのだ。アリシアは、かつてを思い出しながら口にする。

「今度こそ、私の騎士になって」

ひどい我儘だと分かっていながら、アリシアは祈りを口にする。

「――お父さまとお母さまに捧げた命懸けの誓いを、どうか私に差し出して」

「………………！」

シオドアの手が、彼自身の目元を覆った。

「……はは」

雨の雫を避けるようにも、何かを隠すような仕草にも見える。

シオドアは、アリシアの聞いたことがない小さな子供のような声音で、ぽつりとこう呟くのだ。

「あの日、たとえ殺されることになろうとも、最初からあなたのもとを選んでおけばよかった」

「……シオドア……」

そしてシオドアは、ゆっくりと身を起こそうとした。

少し離れた場所で観察しているフェリクスが、冷静な言葉を投げてくる。

「アリシア。油断をするなよ」

弾き飛ばしたシオドアの剣は、そう遠いところに落ちている訳ではない。フェリクスは静かなまなざしを、起き上がったシオドアに向けていた。

「その男にとって、いまがお前を討てる最後の好機だ」

「分かっているわ。だけど、私はシオドアを信じたい」

アリシアは右手に持った剣先を下げたまま、シオドアを見詰めた。

「私の、兄のような存在だった騎士だもの……」

「――――……」

シオドアの瞳が、再び揺れた。

そうして彼はアリシアの前に跪き、胸に手を当てて頭を下げる。

「……この命を、あなたのものに。私の最後の忠誠心は、すべてあなたに捧げます」

「……シオドア」

故国の伝統に従った、騎士叙勲の儀のための姿勢だ。

アリシアとシオドアの間に行われるはずだったその儀式を、シオドアが改めてやり直してくれている。その上に、最後にこんな言葉を加えるのだ。

「……妹のような、我が殿下へ」

「………………！」

アリシアは息を呑んだのち、手にしていた剣の先を天に掲げる。

雷と雨の降り注ぐ中、その刃を厳かに下へと向けた。刃でシオドアの肩にそうっと触れて、儀式の通りの言葉を告げる。

「『私の騎士に命じるわ。私のために死になさい』」

そして、それ以上に。

「『その日が来るまでは、私のために生きなさい』」

「――――仰せの通りに。我が君」

その瞬間、再びの雷鳴が鳴り響く。

顔を上げたシオドアは、かつてのようにやさしい表情で、アリシアを見て微笑んでいた。

「……やった……」

心から安堵したアリシアは、思わず喜びを口にする。

一度零(こぼ)したら止められず、きらきらと瞳を輝かせて、フェリクスの下へと駆け出した。

「やったわ！　フェリクス見て、シオドアが……！　シオドアが、私の騎士になってくれたわ！」

「はしゃぐな。言葉ではどうとでも言える、裏切らない保証はない」

「それでも、嬉しいの!!」

「！」

アリシアは思わずフェリクスに抱き付いて、ぎゅうっと腕に力を込めていた。

「フェリクスが、私に力を貸してくれたから……！」

「………アリシア」

なんだかとても、泣きそうだ。

「ひとりで戦わなくてはいけないのだと、小さな頃からずっと考えていたわ。だけど違う、そうじゃない、だってあなたが居てくれた！」

フェリクスがすべてを許してくれたからこそ、ザカリーを兵として動かせた。シオドアとの戦いも、今日この場で立ち回ったことのすべては、フェリクスの助けがあってこそのことだ。

「――ありがとう」

ずぶ濡れのアリシアは顔を上げて、フェリクスに微笑む。


「私の、幸福（フェリクス）」

「…………！」


その瞬間、いつもあまり表情の動かないフェリクスが、僅かに目を見開いたような気がした。

「……フェリクス？」

アリシアが首を傾げると、フェリクスがひとつ溜め息をつく。

「気が済んだか？　終わったのならもういいな」

「きゃあ！」

荷物のように肩へと担がれ、思わず暴れてしまいそうになった。けれどもぐっと堪（こら）えたのは、フェリクスなら即座にアリシアを落としそうだったからだ。

「お前はもう馬車で城に戻れ。というより俺も戻る、こんな場所でいつまでも濡れていられるか」

「で、でも、色んな件の後処理があるでしょう!?　土砂とか村とか、他にも色々……！」

「既に父の騎士が動いている。本来は俺ではなく父の管轄だ、指揮系統を無闇に増やしてもろくなことはない」

「でも、シオドアのことだって……！」

フェリクスはぴたりと立ち止まると、再び大きな溜め息をついた。

「……『隧道崩落の報せを受けて、心を痛めた王太子妃が城を飛び出そうとした』」

「っ、フェリクス……？」

「『王太子妃の故国から来た騎士もそれを知り、事態を案じて王太子妃に同行した。王太子妃と祖国の騎士隊は隧道の崩落を見届け、被害状況を確認。仔細を国王の騎士に共有し、明け方まで続くであろう活動の支援を申し出る』」

そうしてフェリクスはシオドアを振り返ると、心底面倒臭そうに告げる。

「仔細については、このあと合流する俺の従者に確認しろ。――他の筋書きが必要か？　シェルハラードの騎士」

「……いいえ。フェリクス殿下」

シオドアは頭を下げ、フェリクスに対しても跪く姿勢でこう告げた。

「身に余る信頼を寄せてくださったこと、心より感謝申し上げます」

「信頼を寄せた訳ではない。お前たちに着せる恩が多い方が、こちらの利点になると判断しただけだ」

アリシアの背に添えられたフェリクスの手に、少しだけ力がこもったような気がする。

「妃に手を貸した見返りが、それなりに期待できそうだからな」

「……フェリクス……」

その言葉にアリシアは目を丸くし、それから遅れて嬉しくなった。

「……ふふ」

「なんだ」

再び歩き始めたフェリクスをよそに、担がれたアリシアは身を震わせる。

「ふふっ。ふふふ、ふ……！」

「だから、なんだと言っている」

「なんでもないわ。ねえフェリクス！」

雨足も、先ほどより弱くなっている。この分であればいくらもしないうちに雨が止むだろう。

「あなた、なかなか良い花嫁をもらったと思わない？」

「……どうだかな。そんなことより、くれぐれもまた風邪を引いたりするなよ」

フェリクスは、アリシアを抱え直しながらこう言った。

「なにせ明日は、お前の披露目だ」

「……ええ」

微笑んだアリシアの脳裏に過ったのは、フェリクスにこうして抱えられている理由だ。

ひょっとして、アリシアがこれ以上体力を消耗しないように、馬車へと運んでくれているのだろうか。そんな想像をするとまたおかしくなって、アリシアはやっぱり笑ってしまう。

（そうだとしても相変わらず、やさしくないわ。だけど……）

きっと明日は快晴だろう。

そんなことを想像しながら、フェリクスに贈られるティアラと短剣を楽しみに、アリシアは一度だけ山道を振り返る。

「……」

シオドアの姿はもちろん見えない。

けれどアリシアは、心に青空が広がったような気持ちのままで、フェリクスにぎゅうっとしがみついたのだった。

エピローグ

レウリア国王太子妃、アリシアのための妃冠の儀は、万事つつがなく執り行われた。

王城前の広間には、大勢の国民が詰め掛けている。

王太子妃が初めて民衆の前に姿を現す機会とあって、そこには下世話な好奇心を持った野次馬や、同盟国の王女を歓迎しない者も集まっていた。

彼らはみんな、王城内の神殿で儀式を終えたはずの妃を待ち侘びている。

そして王太子フェリクスに伴われ、いよいよアリシアがバルコニーに現れたとき、人々は一様に息を呑んだ。

姿を見せた王太子妃アリシアが、とても美しかったからだ。

長い睫毛に縁取られた大きな瞳と、柔らかなくちびる。可憐な雰囲気の顔立ちだが、その表情は凛として聡明そうだ。

艶やかな髪は朝焼けの色で、繊細な編み込みを施している。

彼女がまとった純白のドレスの裾と共に、バルコニーを吹き抜ける風に揺れて、陽に透けるレースが神々しい光を放っていた。

彼女の額には、銀色のティアラが輝いている。

彼女の髪色と同じ朝焼け色の宝石が、妃冠の中央に据えられた意匠だ。

それと同じ石が等間隔に線を描き、横に並び、端に行くにつれて少しずつ小さくなってゆく。それに合わせて散らされているのは、透明度と輝きの強いダイヤモンドだった。

そして彼女が持つのは、白と金色を基調にした造りの、細身で美しい短剣だ。

「このティアラと短剣は、『運命を変える朝焼けの空』を象徴した意匠となっている」

アリシアの隣に立った王太子フェリクスが、民へと向けてそう告げた。

その上でフェリクスは、歴代の王族が口にしたことのない、変わった口上を述べるのだ。

「それを我が妃アリシアに贈る。——自害のためではなく、自らの道を切り開くための武器として」

「…………！」

アリシアが目を丸くしたその様子は、ほとんどの国民には気付かれなかった。

けれどもバルコニーの真下に近い位置、アリシアをすぐ傍で見ることの出来た一部の人間には、嬉しそうに微笑む彼女の表情がよく分かったらしい。

その中には、とある村から見物に訪れた人々も交ざっていたようだ。

「……そうだったのね。アリシアちゃん」

興奮が収まらない様子の村人や、何度も目を擦ってバルコニーを見上げる村人もいた。

彼らに共通するのは、王太子妃の幸福を願っているということだ。

「……なんて綺麗な、王太子妃さまなのかしら……」

広場に集まった民衆からは、拍手と歓声が湧き続ける。

＊＊＊

「――こんな光景が見られるだなんて、思ってもみなかったわ」

妃冠の儀を終えたアリシアは、国民に姿を披露するためのバルコニーで、いつまでも手を振りながらそう呟いた。

「見て、フェリクス！　あんなに遠くの人たちも、私たちに手を振ってくれているみたい！」

「知らん。どうでもいい」

「何言ってるの、あなたも手を振り返さないと！　ほら、広場に入れなかった人たちの分も！」

「…………」

アリシアはフェリクスの手首を取って、彼の代わりにぶんぶんと振った。女性たちのものらしき声が響くが、フェリクスにすぐさま手を払いのけられる。

「すごいわ……！　あなたが手を振った先、歓声というよりほとんど悲鳴だったわね！」

「おい、勘弁しろ。このあと広場の人間を三度入れ替えるんだぞ、その都度これをやるつもりか？」

「だって嬉しいもの！　罵声や嘲笑を覚悟していたのに、みんな笑ってくれているのよ？　こんな……」

広場に集まった人々を眺めて、アリシアは幸せな気持ちになった。

ひとりひとりの顔をよく見たいのに、それが非現実的なほどの大人数が集まって、アリシアたちを祝福しているのだ。

「こんな光景、故国では見られないかもしれないもの」

「…………」

アリシアは微笑み、バルコニーの手すりをきゅっと握った。

「それどころか、この国でもこれが最後になる可能性もあるわ。私は殺されるかもしれないし、大罪人の汚名を被るかもしれない……王太子妃としては、失格ね」

そんな妃の存在は、フェリクスにとっても迷惑極まりないだろう。

それが分かっていても、アリシアはこの道を歩み続ける。

「ごめんなさい。フェリクス」

「…………」

けれどもフェリクスに返されたのは、思ってもみない言葉だった。

「……さっきから聞いていれば。まるで俺ばかりがお前に利用され、害を被るかのような物言いだな」

「……？　だって、事実だわ」

アリシアは瞬きをふたつ重ねて、フェリクスを見上げる。隣に立つフェリクスは、不機嫌そうな顔でこちらを見ていた。

「そんな状況になるのは御免だ。俺は今後存分にお前を利用して、お前を巻き込む。それだけのことはしてやったからな」

「そ、それに異論は無いけれど……！　私とあなたの立場の違いでは、私が貰うものの方が大きいはずでしょう？」

フェリクスという後ろ盾がなければ、アリシアは叔父への反旗すら翻せない。一方でフェリクスは間違いなく、なんでもひとりで出来るはずだった。

アリシアにとってのフェリクスが『無くてはならない』ものであるならば、フェリクスにとってのアリシアは、『使いようによっては利点になる』程度のものだろう。

そんな明白な事実を、フェリクスはこうして否定した。

「――俺とお前は、共犯なのだろう？」

「…………！」

その言葉に、アリシアは思わず息を呑む。

「それならば、決してどちらか一方向のものではない。お前が俺の共犯となるのならば、俺も同様にお前の共犯者だ」

「……フェリクス」

彼はアリシアの瞳を見詰め、低い声でこんな風に囁いた。

「誓いのキスでも、立ててやろうか？」

「え？　…………あ、ちょっと、待……っ！」

そうして次の瞬間、互いのくちびるが触れ合った事実に、アリシアはぎゅうっと目を瞑ることになるのだ。

（まさか、こんな人前で……!!）

そんなことを考えている間も、広場からは割れんばかりの歓声が上がっている。フェリクスはくちびるを一度離し、それからまたすぐに口付けた。

何度も重ねられてゆくキスに、否が応でも思考が溶けてゆく。くちびるを食むようにやさしく触れられ、ちゅっと小さな音が鳴って、混乱しながらもぼんやりとしてきた。

（……この人もしかして本当は、キスが好きなの……!?）

そうしてようやく離れたとき、フェリクスと間近に目が合った。

「んん……っ」

浅く息をつくアリシアのくちびるを、フェリクスが親指で拭ってくれる。そのときの淡い微笑みが、どこか満足そうにも見えてしまい、アリシアは悔しくなるのだった。

「っ、フェリクス！」

「！」

そうして今度はアリシアから、フェリクスのくちびるにキスを重ねる。

バルコニーでの口付けは、集まった人々を大いに沸かせた。こうして王太子が妃を溺愛しているという噂は、国中に瞬く間に広まったのである。

やがてフェリクスとアリシアが、各国にとって脅威とされる夫妻になることを、ここにいる人々

は知らない。

いまはまだ、王太子妃としてのティアラや短剣でさえも、美しき飾りにしか過ぎないのだった。

＊＊＊

シェルハラード国の王城で、ひとりの男が窓の外を見ていた。

彼が目にする方角の先、遥か東のかなたには、この度シェルハラード国が同盟を結んだばかりの国がある。男はそちらを眺めながら、とある女性の名前を呼んだ。

「――アリシア王女。いいや、いまはレウリア国王太子妃アリシアか」

机上に広げられたのは、男がここ数日で得た情報だ。それらを照らし合わせてゆくにつれ、興味深い動きが見えてくるのである。

「かつて、私が陛下に進言したことによって処刑を免れた、あの幼い王女が……」

男は窓に背を向けると、王の下へと歩き始めたのだった。

番外編　妃冠の儀、その夜の夫妻の出来事について

歓声と祝福の中で行われた妃冠の儀は、大成功に終わったと言えるだろう。その夜、ナイトドレス姿で寝台に入ったアリシアは、なんだか眠れない気分だった。

「今日は本当にたくさんの人が、笑顔を見せてくれたわ！」

上掛けを、ぬいぐるみのようにぎゅうっと抱き締める。

「妃冠の儀って、とっても素敵な儀式ね。ティアラも綺麗だし、短剣は便利だし……フェリクスの正装も、似合っていたわよ」

「……」

ちょうど寝台に乗ってきたフェリクスは、いつもの淡々とした様子で口にした。

「俺がいま何を言いたいか、分かっているか？」

「そうねえ。『お前は何度同じ話をするんだ』という顔をしているけれど……」

「理解しているなら早く寝ろ。それと、俺の上掛けを返せ」

フェリクスはそんなことを言いながら、アリシアの隣に身を沈める。上掛けを無理やり奪われても文句は言えない立場だが、この夫は意外にも、アリシアの方を向いているだけだ。

「…………」

アリシアはもぞもぞとフェリクスに近付き、彼を包むように上掛けを乗せる。

だからといって自分が出る訳ではなく、つまりはふたりで一枚の上掛けに包まる形だ。枕元に置いたランプの火が、僅かに揺れた。

「こうして一緒に入っていても、怒らない……？」

フェリクスにそっと尋ねると、彼はしれっと言ってのける。

「邪魔になったら、すぐに追い出す」

「ふふっ」

フェリクスはやはりフェリクスだ。アリシアが笑うと、彼は妙なものを見るまなざしを向けてきた。

「……機嫌が良いな」

「！」

そう言って伸ばされた手が、アリシアの頬をくるむ。なんだかそれが嬉しくて、アリシアは目を細めた。

「……ご機嫌よ」

これほど近しい距離で、ささやかな戯れを誰かと交わすのは、両親が亡くなって以来なのだ。

もちろん同じように、眠る前に小さな声で話すのも。誰かの体温が、傍にあることも。

「だって今日は、すごく楽しかったもの」

本心を素直に告げたのに、フェリクスはやはり物言いたげな顔をしている。

「お前の利になることなど、なにひとつなかっただろう」

「あら。そう見えたかしら」

フェリクスを言い負かせる余地が出来たことに、アリシアはくすくす笑って返した。

「婚儀のときよりもずっと、自分があなたの花嫁だという実感が湧いたわ」

「――――……」

断言してあげると、フェリクスは僅かに目を見開いた。

「……そんなにびっくりした？」

「………………」

意外に思って首をかしげると、その無表情が何処(どこ)となく、不服げに変化したように感じられる。

フェリクスは目を眇(すが)めると、上半身を起こした。

「あ！」

ランプの火が消え、寝室は真っ暗になってしまう。衣擦(きぬず)れの音が聞こえる方に、アリシアは少々拗(す)ねてみせた。

「まだ、消さないで欲しかったのに……」

「俺たちの今日の睡眠時間が何時間だったか、お前は覚えていないらしいな」

「分かっているわ、もう眠るわよ。だけど、今夜は少し寒いから……」

「！」

アリシアは手を伸ばし、ぎゅうっとフェリクスに抱き付いた。

「こうやって、あなたにくっついて眠るわ」

「…………」

これはもちろん悪戯だ。暗闇を利用した不意打ちで、フェリクスをもう一度驚かせることが出来た手応えはある。

けれどもアリシアはその瞬間、自分の誤算に気が付いていた。

（……あら……？）

「……お前……」

呆れたようなフェリクスの声に、すべてを察してしまう。

肩甲骨に押し当てたつもりだったアリシアの額は、彼の鎖骨に触れていた。そして鳩尾あたりにある想定だった手は、彼の背中に届いているようだ。

（てっきり、私に背中を向けて寝たのだと思ったのに……！）

どうやら今のアリシアは、フェリクスと向かい合うような体勢で、彼にしがみついているのだった。

「おい。アリシア」

「どうしようかしら。前後を間違えて抱き付いたと申告するのは、さすがにちょっとだけ恥ずかしいわ」

「盛大な独り言が聞こえているぞ。お前の恥じらいはどうでもいいから早く離れろ、寝にくい」

「このまま誤魔化しきる方向でいきましょう。夫婦だもの、この近さで抱き合って眠るのは自然なことのはず……」

「…………」

(……なんてね)

わざと思考を口に出したアリシアは、気が済んだのでくすっと笑った。

「ごめんなさい、フェリクス。安心して、すぐに離れ……」

その瞬間に、息を呑む。

「……フェリクス？」

フェリクスがアリシアの顎を摑み、少し強引に上向かせたのだ。

(…………っ)

暗闇に慣れ始めた視界の中、彼が真っ直ぐにこちらを見ているのが分かる。

いつもより鋭く感じられるまなざしが、アリシアへ注がれていることも。

(ひょっとして)

昼間の出来事を思い出して、僅かに緊張した。

(また、あんな風にキスを…………)

「――――……」

次の瞬間アリシアの上に、重たいフェリクスの腕が乗る。

「きゃあ!!」

ずしりと体重を乗せるように抱き返されて、完全に身動きが取れなくなった。

「もう寝る。お前もこのまま大人しくしていろ」

「ちょっと、フェリクス！」

暴れてみようとするものの、最低限の力だけで押さえられている。このままではフェリクスから離れることも出来そうもなく、アリシアは途方に暮れた。

「……明日の朝、絶対ほっぺにキスで起こすから……」

「やってみろ。俺の拘束から抜け出せているならな」

心の底から悔しく思いつつも、忍び寄り始めた睡魔には勝てない。アリシアは観念して体の力を抜き、反対にフェリクスへと頬を擦り寄せる。

「おやすみなさい。フェリクス」

「………」

こうして妃冠の儀の夜も、アリシアは夫と共寝をしつつ、実に健やかな時間を過ごすのだった。

あとがき

雨川透子（あめかわとうこ）と申します！　この度は、『死に戻り花嫁』の1巻をお手に取っていただき、ありがとうございます！

　このお話は、比較的べたべた至近距離で一緒にいながらもさっぱりした雰囲気の悪役夫妻が、ふたりで悪役として国の内外を引っ掻（か）き回す物語です！

　アリシアを膝に乗せて好きにさせながらも、何やら色々と思惑のあるらしきフェリクスの言動など、ふたりの今後を応援していただけたら嬉（うれ）しいです！

　素敵なイラストは、藤村ゆかこ先生に描いていただきました！

　この最高のキャラデザ、美麗なカラーイラスト、きらきらした華やかなモノクロイラスト……！どの場面も素晴らしいキャラクターたちを、繊細なタッチで描いていただきました!!

　フェリクスの色気ある黒子（ほくろ）は、藤村先生の最高のアイデアによるものです！　この美しさを是非ご堪能ください！

　そして本作は、コミカライズも予定されております！

　続刊となる2巻やコミカライズにて、またお目に掛かれましたら幸いです。

この度はお手に取っていただき、ありがとうございました！

作品のご感想、ファンレターをお待ちしています

あて先

〒141-0031　東京都品川区西五反田 8-1-5 五反田光和ビル4階
ライトノベル編集部
「雨川透子」先生係／「藤村ゆかこ」先生係

スマホ、PCからWEBアンケートにご協力ください

アンケートにご協力いただいた方には、下記スペシャルコンテンツをプレゼントします。
★本書イラストの「無料壁紙」　★毎月10名様に抽選で「図書カード（1000円分）」

公式HPもしくは左記の二次元バーコードまたはURLよりアクセスしてください。
▶ **https://over-lap.co.jp/824008022**
※スマートフォンとPCからのアクセスにのみ対応しております。
※サイトへのアクセスや登録時に発生する通信費等はご負担ください。

オーバーラップノベルスf 公式HP ▶ **https://over-lap.co.jp/lnv/**

死に戻り花嫁は欲しい物のために、残虐王太子に溺愛されて悪役夫妻になります！ 1
～初めまして、裏切り者の旦那さま～

発　行　2024年5月25日　初版第一刷発行

著　者　雨川透子

イラスト　藤村ゆかこ

発行者　永田勝治

発行所　株式会社オーバーラップ
〒141-0031
東京都品川区西五反田8-1-5

校正・DTP　株式会社鷗来堂

印刷・製本　大日本印刷株式会社

ISBN　978-4-8240-0802-2 C0093

【オーバーラップ　カスタマーサポート】
電　話　03-6219-0850
受付時間　10時～18時（土日祝日をのぞく）

雨川透子
ILLUST. 八美☆わん
過去の人生で得たスキルを思いっきり発揮します!
コミックガルドにて
コミカライズ連載中!
ループ7回目の悪役令嬢は、
元敵国で自由気ままな
花嫁生活を満喫する
20歳で命を落としては婚約破棄の瞬間に
ループしてしまう公爵令嬢リーシェ。
7回目の人生は、過去の人生でリーシェを殺した皇太子アルノルトの
元へ嫁ぐことになってしまい……!?
長生きごろごろ生活のため、
過去人生の職業スキルを発揮して生き延びます！
OVERLAP NOVELS f

王太子に婚約破棄された
公爵令嬢と結婚!?
ルベリア王国物語
～従弟の尻拭いをさせられる羽目になった～
紫音
イラスト：凪かすみ
第6回
オーバーラップ
WEB小説大賞
【大賞】受賞！
王族の血を引きながらも近衛隊に所属するアルヴィスは、突如国王陛下の呼び出しを受け、
公爵令嬢エリナとの婚約を告げられる。エリナは王太子の婚約者だったのだが、
実は彼女が一方的に婚約破棄されたと発覚。アルヴィスは王族に戻ることに……!?
OVERLAP NOVELS f

OVERLAP NOVELS f
芋くさ令嬢ですが
悪役令息を
助けたら気に入られました
著 桜あげは Ageha Sakura
絵 くろでこ Kurodeko
コミックガルドにてコミカライズ！
王女殿下に
婚約破棄された
悪役令息と結婚!?
完璧な公爵令息から予想外に溺愛されてます！
「芋くさ令嬢」と馬鹿にされているアニエスは、パーティーで王女に婚約破棄された公爵令息・ナゼルバートを偶然助ける。しかし、それにより彼との結婚と辺境への追放を命じられることに!?　予想外の結婚だったが、ナゼルバートは歓迎しているようで――？

魔道具師リゼ、開業します
伝説級の才能が開花した
魔道具師の幸せいっぱい
シンデレラストーリー!!
～姉の代わりに
魔道具を作っていた
わたし、倒れたところを
氷の公爵さまに
保護されました～
OVERLAP NOVELS f
くまだ乙夜
ill.krage
氷の公爵さまや精霊犬に見守られながら、
皆を魔法アイテムで幸せに!
実家の魔道具店で奴隷のようにこき使われていたリゼ。
倒れたところを、天才魔術師と名高い氷の公爵・ディオールに保護される。
彼のもとで、リゼは自由気ままに魔道具作りを開始！
すると、みるみるうちに評判は広がり――
気づけば国一番の称号を貰うことになっていて!?

虐げられた追放王女は、転生した伝説の魔女でした
〜迎えに来られても困ります。従僕とのお昼寝を邪魔しないでください〜
雨川透子 TOUKO AMEKAWA
Illustration 黒裄
コミックガルドにてコミカライズ!
世界を揺るがす魔法の力で
悠々自適な快適生活!
OVERLAP NOVELS f

第12回オーバーラップ文庫大賞
原稿募集中！

イラスト：片桐

これは、世界を変える魔法（ものがたり）

【賞金】

大賞…300万円
（3巻刊行確約＋コミカライズ確約）

金賞……100万円
（3巻刊行確約）

銀賞………30万円
（2巻刊行確約）

佳作………10万円

【締め切り】

第1ターン 2024年6月末日

第2ターン 2024年12月末日

各ターンの締め切り後4ヶ月以内に佳作を発表。
通期で佳作に選出された作品の中から、「大賞」、「金賞」、「銀賞」を選出します。

投稿はオンラインで！ 結果も評価シートもサイトをチェック！

https://over-lap.co.jp/bunko/award/

〈オーバーラップ文庫大賞オンライン〉

※最新情報および応募詳細については上記サイトをご覧ください。
※紙での応募受付は行っておりません。